蝴蝶的重量
奈莉·萨克斯诗选

Das Gewicht des Schmetterlings
Die Gedichte der Nelly Sachs

［德］奈莉·萨克斯 著
陈黎 张芬龄 译

中信出版集团 | 北京

雅众文化 出品

目 录

诺贝尔文学奖得奖评语	1
诺贝尔文学奖颁奖辞	2
诺贝尔文学奖致答辞	5

萨克斯诗歌选

在死亡的寓所（1947）

噢，烟囱	11
给建新屋的你	13
但，是谁把你们鞋中的沙倒空	15
一名死去的孩童如是说	16
已被天国的慰藉之手轻拥入怀	17
何种血液之秘密渴望	18
烛火	20
折磨，陌生星球的定时器	21
我看到一个地方	22
灰色晨光中	23
如果我知道	24
你的眼睛，噢我的爱人	26
获救者的合唱	27
影子的合唱	29
石头的合唱	30

云朵的合唱	33
安慰者的合唱	34
未降生者的合唱	36
圣地的声音	38

星群的晦暗（1949）

被迫害者不会成为迫害者	43
戈仑死神	45
约伯	48
为什么他们用黑色的仇恨	49
以色列	52
数字	54
世界啊，不要询问那些死里逃生的人	56
我们被伤得如此重	58
噢，傍晚天空中无家可归的颜色！	59
我们是母亲	60
以色列的土地	62
如今亚伯拉罕已经抓住风的根	64
你坐在窗边	66
雾般的生灵	68
蝴蝶	69
垂死者耳际的音乐	70

而无人知道该如何继续（1957）

被遗弃之物在逃亡者眼中扎根	73
散发死者气息的一阵柔风	75
当闪电来袭	76
在蓝色的远方	77
正在醒来	78

所有的国家都准备好了	79
而后《光之书》的作者书写着	80
解开它，像解开	82
用他的心跳锤打	83
呐喊的风景	84
多少海洋消失于沙中	87
只有在睡眠中星星才有心有口	88
眼睑的后面	89
我又看到你了	90
夜以石头砸我	91

逃亡与蜕变（1959）

猎户我的星座	95
在这么远的野外躺下	97
神圣的一分钟	99
逃亡	101
舞者	103
睡眠编织呼吸之网	105
如果有人从远方来	106
线条如活生生的头发	108
梦游者在他的星球上环行	110
多少故土在空中打牌	111
一时被支开	113
一捆闪电	114
如是，我从词语奔出	115

无尘之旅（1961）

所有离开地球	119
你	121

天鹅	122
这块紫水晶中	123
轮廓	124

死亡依旧庆祝生命（1961）

她被土星以忧郁加冕	129
两个老人	130
但向日葵	131
人如此孤独	132
山如是爬进	134

炽热的谜语（1964）

炽热的谜语（节选）	137

搜索者（1966）

搜索者	147

裂开吧，夜（1971）

裂开吧，夜（节选）	157

萨克斯诗剧选

伊莱：一出有关以色列苦难的神秘剧	165
《伊莱》跋语	265

附录一 奈莉·萨克斯及其作品	267
附录二 奈莉·萨克斯，犹太精神与《旧约》传统	280
附录三 奈莉·萨克斯写作年表	293

诺贝尔文学奖得奖评语

一九六六年诺贝尔文学奖得主

奈莉·萨克斯（Nelly Sachs）

得奖评语

"因为她杰出的抒情与戏剧作品，以感人的力量阐述了以色列的命运。"

诺贝尔文学奖颁奖辞

像许多犹太血统的德国作家一样，奈莉·萨克斯遭逢流放的命运。透过瑞典的斡旋，她才幸免于迫害及驱逐出境的威胁，而被接送到瑞典。从此，她在瑞典的土地上以流亡者的身份和平地工作着，日臻圆熟之境而具大家之风，诺贝尔文学奖即是对她努力的肯定。近年来，德语国家认为她是极杰出且极真诚的作家。她以动人的感情力度，描述犹太民族世界性的悲剧，显现于具有苦涩美感的抒情哀歌与富传奇色彩的戏剧作品中。她象征意味浓厚的语言大胆融合了灵巧的现代语汇和古代《圣经》诗歌的韵味。她全然认同其同胞之信念与宗教神秘观，创造出一个意象的世界——不避讳死亡集中营与焚尸场的恐怖真相，却又能超越对迫害者的仇恨，纯然呈现出面对人类鄙行时所感受的真诚哀伤。她的纯抒情创作已合集成《无尘之旅：奈莉·萨克斯诗集》(*Fahrt ins Staublose: Die Gedichte der Nelly Sachs*，1961) 一书，收录她在二十一个勤勉创作的年头里写成的六部相互关联诗集(《在死亡的寓所》《星群的晦暗》《而无人知道该如何继续》《逃亡与蜕变》《无尘之旅》《死亡依旧庆祝生命》）的诗作。与此同样杰出的尚有一系列诗剧，总题为《沙上的记号：奈莉·萨克斯戏剧诗》（*Zeichen im Sand: Die szenischen Dichtungen der Nelly Sachs*，1962），其题旨或取自"哈西德派"神秘主义幽暗的宝室，但萨克斯赋予了它们新的活力与生动的寓意。在此姑且以神秘剧《伊莱》（*Eli*）为例说明之。此剧叙述一名小孩在他父母被强行带走之后，对着天空吹奏风笛，请求众神帮助，而一名在波兰的德国兵士却将这名八岁男孩活活打死。具有圣者睿智的鞋匠——米迦勒——努力有成，在邻村追踪到罪犯。那名兵士对自己先前所为深感懊悔，在林中相遇时，米迦勒尚未举手攻击他，他就整个崩解了。结尾呈示出一种与俗世惩罚无关的神圣正义。

奈莉·萨克斯的作品是现今最能将犹太人的苦难心灵以极具艺术张力的手法表现出来者，因此，她的作品可说真正符合了诺贝尔博士遗嘱中的人道目标。

奈莉·萨克斯女士——你在我国已居住了很长一段时间，先是低调、不为人知的异乡人，继而成为贵客。今天，瑞典学院推崇你"杰出的抒情和戏剧作品以感人的力量阐述了以色列的命运"。在此场合，我们很自然地又想起你对瑞典文学所表现的无价的关注，瑞典作家也纷纷译述你的作品作为回报。谨献给你瑞典学院的祝福。现在请你自瑞典国王手中接受今年的诺贝尔文学奖。

瑞典学院 安德斯·奥斯特林

译注:"哈西德派"(希伯来语 חסידות,德语 Chassidismus,英语 Hasidim)是 18 世纪犹太人巴尔·谢姆·托夫(Baal Shem Tov,约 1698—1760)建立于波兰的犹太教派。它的特色是强调神秘论,祈祷,对信仰的狂热和喜悦。

诺贝尔文学奖致答辞

1939年的夏天，我的一名德国女友到瑞典拜见拉格洛芙（Selma Lagerlöf），请求她为我母亲和我自己在瑞典寻求庇护。何其幸运地，我自年轻时代即与拉格洛芙通信，透过她的推介，我对她的国家的关爱也日益增加。瑞典的画家王子尤金（Eugen）和这位伟大的小说家都曾给予我协助与救援。

1940年春天，经过几个月的千辛万苦，我们到达了斯德哥尔摩。当时丹麦和挪威已被占据；伟大的女小说家也已去世。我们语言不通，却呼吸到自由的空气。二十六年后的今天，我想起父亲每年12月10日在家乡柏林所说的话："现在他们正在斯德哥尔摩举行诺贝尔奖颁奖典礼。"感谢瑞典学院的选择，使我今天能置身典礼之中，对我而言，这似乎是一个童话的实现。

    逃亡，
    何其盛大的接待
    正进行着——

裹在

风的披肩里

陷在永不能说阿门的

沙之祈祷中的脚

被迫

从鳍到翼

继续前进——

害病的蝴蝶

即将重识大海——

这块刻有苍蝇之

碑铭的石头

自己投到我的手中——

我掌握着全世界的

而非一个乡国的蜕变。

奈莉·萨克斯

译注：拉格洛芙（Selma Lagerlöf, 1858—1940），瑞典小说家，一九〇九年诺贝尔文学奖得主。她是瑞典第一位获此奖的作家，也是首位获此殊荣的女性。

萨克斯诗歌选

在死亡的寓所
(1947)

噢，烟囱

> 我这皮肉灭绝之后，
> 我必在肉体之外得见上帝。
> ——《约伯记》19章26节

噢，烟囱
在精心设计的死亡的寓所之上
当以色列的肉体如烟般
飘散于空中——
被一颗星所迎接，一个扫烟囱者，
一颗变黑了的星
或者那是一道阳光？

噢，烟囱！
为耶利米与约伯的尘土铺设的自由之路——
是谁设计了你们且一石一石地砌筑
这为烟中之逃亡者铺设的道路？

噢，死亡的寓所，
动人心目地为
一度是客人的主人布置着——
噢，你们这些手指，

将门坎摆放

如一把介于生死间的小刀——

噢,你们这些烟囱,

噢,你们这些手指

以及如烟般飘散于空中的以色列的肉体!

译注:耶利米(Jeremiah),《圣经》中犹大国灭国前,最黑暗时的一位先知,《旧约》中《耶利米书》《耶利米哀歌》等的作者。在萨克斯的诗里,我们常可读到她对无垠天空/星空的想望——渴望有某种力量带她向上飞升,脱离可怖的现实,到一辽阔、自由之境。此首《噢,烟囱》即是鲜明之例。

给建新屋的你

> 有些石头像灵魂。
> ——纳赫曼拉比

当你翻筑新墙——
你的炉子,你的床架,桌椅——
不要为那些已离去的,
将不再与你同住的人落泪
于石头之上——
否则哭泣会刺穿睡眠,
你仍须保有的短暂睡眠。

不要在铺床单时叹息,
否则你的梦将和
死者的汗水溶在一起。

噢,那些墙和厨具
像风鸣琴般敏于感应,
或者像田地般繁殖着你的哀愁,
而他们藉尘土与你认亲。

建筑吧,当沙漏涓涓滴下,

但不要将时光

连同那遮暗光线的尘土

一起哭泣掉。

译注：纳赫曼拉比（Rabbi Nachman，1772—1810），犹太教哈西德派第四代拉比。

但,是谁把你们鞋中的沙倒空

但,是谁把你们鞋中的沙倒空
当你们必得起身,走向死亡?
以色列所聚积的沙,
它流浪之沙?
燃烧的西奈山之沙,
融合了夜莺的喉咙,
融合了蝴蝶的翅膀,
融合了毒蛇饥饿的灰尘;
融合了所罗门王的智慧遗产,
融合了艾草奥秘中的苦涩——

噢,你们这些手指啊,
把死者鞋中之沙倒空的手指啊。
明天你们将成为尘土
在未来者的鞋中!

一名死去的孩童如是说

我的母亲握住我的手。
后来有人举起离别的刀刃：
为了不让它伤到我
母亲松开了我的手。
但是她再次轻触我的大腿
而她的手淌着血——

接着，离别的刀刃
把我吞食进的每一口切割为二——
它随着旭日在我眼前升起
在我眼中越磨越利——
风和水在我耳中嘎嘎摩擦
而每一声安慰之语刺痛了我的心——

当我被引入死亡
在最后一刻我仍感觉到
离别的巨大刀刃那出鞘的一击。

已被天国的慰藉之手轻拥入怀

已被天国的慰藉之手轻拥入怀
神志错乱的母亲站着
用她那撕裂了的心智的碎片
用她那烧焦了的心智的焦黑火苗
埋葬她死去的小孩,
埋葬她失落的光明,
将她的手扭曲成骨瓮,
满装着大气中她孩子的躯体,
满装着大气中的他的眼,他的发,
以及他鼓动的心——

接着她亲吻这大气中的生命
而后死去!

何种血液之秘密渴望

何种血液之秘密渴望
疯狂的梦以及
千百次遭谋杀的泥土
导致这恐怖的傀儡师成形?

满嘴泡沫的他
可怖地横扫过
他圆形、旋转的行动舞台
将灰白的恐惧的地平线拉长!

噢,尘土之丘,仿佛被邪恶的月所吸引
谋杀者正表演着:

手臂上上下下,
双腿上上下下,
且以西奈山子民的落日
充当脚下的红地毯。

手臂上上下下,

双腿上上下下,
在灰白、拉长的恐惧的地平线
巨大的死亡星座
像时代之钟屹立不动。

烛火

我为你点燃的烛火,

颤抖地以火焰之语言与空气说话。

水自眼中滴落;你的尘土

自坟中清晰可闻地呼唤永生。

噢,贫室中的高贵幽会处。

但愿我明白这些元素的含意;

它们表明你,因为一切事物始终

表明你;而我能做的唯哭泣。

译注:此处所译《烛火》至《你的眼睛,噢我的爱人》等六首诗,出自诗集《在死亡的寓所》,由十首诗构成,名为"为死去的新郎的祈祷词"(Gebet für den toten Bräutigam)的一组联篇诗作,为其第1、6、7、8、9、10首。萨克斯十七岁时爱上了一位男子,其姓名、身份她自始至终未透露,但显然是她一生所爱、所敬的对象。这位男子据说是离了婚的非犹太人,因参与反对运动被纳粹所拘捕。他于1943年丧身于集中营的噩耗传至人在瑞典的萨克斯耳中后,激发她写作了诗集《在死亡的寓所》以及(1943年完成的)诗剧《伊莱》。她隐匿其恋人之名,部分或因她视其为普遍人类的代表,由是将她个人的哀伤转化为群体的悲痛。因为匿名,"死去的新郎"成为每一个受难者的代称。

折磨,陌生星球的定时器

> 早晨的衣服不是
> 晚上的衣服。
> ——《光之书》

折磨,陌生星球的计时器,
每分钟都染上不同色泽的黑暗——
你破碎的门的折磨,
你破碎的睡眠的折磨,
你出发离去的脚步的折磨,
计数残余的生命,
你践踏的脚步,
你蹒跚的脚步,
直到我耳中再听不见这些脚步。
你的脚步终止于
铁栅栏前时的折磨——
铁栅栏后我们思念的草地开始摇曳——
噢时间,以死为唯一的计量单位,
历此长久演练后,死亡将何等轻盈。

译注:《光之书》,犹太教神秘哲学的伟大著作。参阅本书〈而后《光之书》的作者书写着〉一诗译注。

我看到一个地方

我看到一个地方,有个炉子——
还找到一顶男人的帽子——
噢亲爱的,什么样的沙子
能懂得你的血?

门坎无门
静候人踏过——
你的房子,亲爱的,我觉得
已全然被上帝用雪覆盖。

灰色晨光中

灰色晨光中
鸟儿练习苏醒之时——
被死神遗弃的所有尘埃
开始有了渴望。

啊,诞生的时辰,
经历重重痛苦,一个新生人类的
第一根肋骨如是成形。

亲爱的,你尘埃的渴望
在我心头呼啸而过。

如果我知道

如果我知道
你最后的目光停留在哪里就好了。
是一块喝了太多最后的目光
致使他们盲目地
跌落于它的盲目之上的石头吗?

或者是泥土,
足以填满一只鞋子,
并且已然变黑
因如此多的别离
以及如此多的杀戮?

或者那是你最后的道路——
自所有你走过的道路带给你
临别的问好?

一洼水,一片闪烁的金属,
或许是你敌人的皮带扣,
或者上天某个其他的

小征兆?

或者是地球?
不让任何人不受眷爱地离去,
经由天空传送给你鸟的信号,
提醒你的灵魂:它因它
烧焦的肉体之苦而抽搐

你的眼睛,噢我的爱人

> 我看到他看到
> ——耶胡达·兹维

你的眼睛,噢我的爱人,

是雌鹿的眼睛,

有着长彩虹般的瞳孔

就像上帝的暴风雨刚过后——

千年时光像蜜蜂般

在里头贮存了圣夜的蜂蜜,

西奈山神火最后的火花——

噢,你们这两扇透明之门,

引我们通向内在之国,

无数沙漠之沙覆盖其上,

要走多长的磨难才能抵达祂——

噢,已然熄灭的一双眼睛啊,

你的灵视已坠回

主金色的惊喜中,

其中我们所知唯梦。

译注:耶胡达·兹维(Jehuda Zwi,或作 Yehuda Zvi,1891—1982),犹太教拉比,"犹太复国主义"领导者。

获救者的合唱

我们,获救者,
死亡已开始自我们的骨骼削修它的长笛,
并在我们的肌肉上轻敲他的弓——
我们的躯体继续用它们
残缺的音乐哀唱。
我们,获救者,
环绕颈际的绳索仍然摆荡
于我们眼前蓝色的空中——
沙漏仍然装满我们滴下的血。
我们,获救者,
恐惧的蠕虫仍然以我们为食。
我们的星座埋葬在尘土中。
我们,获救者,
请求你:
向我们展现你的太阳,但请慢慢地。
一步一步引导我们在群星之间前进。
教我们重新学习生活时,务请温柔。
以免鸟儿的歌声,
或汲满井水的木桶,

会让我们愈合不良的苦痛再度迸裂

并将我们冲失——

我们请求你：

暂且不要给我们看会咬人的狗——

很可能，很可能

我们会碎裂成灰——

在你眼前碎裂成灰。

是什么将我们的肌理结合在一起？

我们，呼吸辞退我们，

灵魂早在我们的躯体被救上

千钧一发的方舟之前

自午夜向祂奔去。

我们，获救者，

我们紧握你的手

我们直视你的眼——

但唯一将我们结合在一起的就是告别，

尘土中的告别

将我们和你结合在一起。

影子的合唱

我们是影子,噢,我们是影子!
刽子手,你们的影子
依附在你们恶行的尘堆上——
受害者,你们的影子
在墙上画出血淋淋的惨剧。
噢,我们是无助的斑蝶,在一颗
始终冷静燃烧的星球上被捕获,
当我们受命于地狱中起舞时,
我们的傀儡师所知唯死。

金黄护士,你以如是的
绝望喂养我们,
转过脸去,噢太阳
让我们也沉下去——
或者让我们映照出某个孩童
欢快竖起的手指
以及某只蜻蜓喷泉边
轻松驻足的片刻。

石头的合唱

我们是石头
举起我们
就等于举起远古时代——
举起我们
就等于举起伊甸园——
举起我们
就等于举起亚当和夏娃的善恶之识
以及蛇吞噬尘土的诱惑。

举起我们
就等于将数百万记忆高举于手中，
那些像黄昏一样，不会在血中
消溶的记忆。
因为我们是纪念的碑石
包容所有的死。

我们是充满生命史的书包。
举起我们就等于举起大地坚硬的坟墓。
你们这些雅各的头啊，

我们为你们藏好了梦的根源

并且让高入云霄的天使之梯

喷涌如常春藤的卷须。

抚摸我们

就等于抚摸哭墙。

像对待钻石般,你的忧伤切割我们的坚硬

直到它碎裂、蜕变成一颗温柔的心——

而你却成了石头。

抚摸我们

就等于抚摸那响着生死之音的

午夜的岔路。

将我们丢出——

就等于将伊甸园丢出——

群星的葡萄酒——

爱人的眼睛以及一切背叛——

忿怒地将我们丢出

就等于将亿万年破碎的心以及

柔滑的蝴蝶丢出。

小心,小心

不要忿怒地丢出石头——

呼吸一度注满我们体内，

它们秘密地硬化

但可以因一吻而苏醒。

译注："天使之梯"，指雅各（Jacob）以石头为枕在梦中所见之登天的梯子。见《旧约·创世纪》28 章 12 节。

云朵的合唱

我们充满叹息,充满期待,
我们充满欢笑,
而有时我们戴着你们的脸。
我们离你们不远。
谁知道你们有多少血会往上溅
弄脏了我们?
谁知道为了让我们哭泣你们流下
多少泪?多少渴望方让我们成形?
我们玩着死亡的游戏,
轻柔地让你们逐渐习惯死亡。
你们这些无法向夜晚学习的无经验者。
已派给你们许多天使,
但你们却看不见。

安慰者的合唱

我们是没有花朵的园丁,
没有药草可种植
从昨天到明天。
鼠尾草已在摇篮中枯萎——
面对新的死者,迷迭香失去了它的芳香——
即使艾草也只有昨天才苦涩。
慰藉的花朵绽放的时间太短暂
不足以补偿孩童一滴泪的苦楚。

或许可在夜间歌唱者的心中
采集新的种子。
我们当中有谁可安慰他人?
在介于昨日与明日之间的
峡谷深处
天使站立
用他的翅膀研磨忧伤的闪电
而他的两手分开握着
昨日与明日两座岩壁
像伤口的两端

必须仍然裂着
还没能够愈合。

不要让忧伤的闪电睡着在
遗忘的田野。

我们当中有谁可安慰他人？

我们是没有花朵的园丁，
站立在一颗闪亮的星上
哭泣。

未降生者的合唱

我们是未出生者
渴望已着手努力让我们成形
血液之岸变宽变阔迎接我们
我们像露水般沉入爱里
但时间的阴影仍如疑问般悬于
我们的秘密之上。

心有所恋的你们啊,
心有所思的你们啊,
听啊,你们这些因别离而愁病的人:
我们将开始在你们的目光中生活,
在搜寻遍蓝空的你们的手中——
我们身上有早晨的味道
你们的呼吸早已将我们吸入,
将我们拉进你们的睡梦中——
啊,梦是我们的土壤
在那儿夜,我们黑皮肤的保姆,
让我们成长
直到我们映入你们的眼帘

直到我们在你们耳边说话。

我们如蝴蝶般

被你们渴望的密探所捕获——

像鸟鸣般售予大地——

我们身上有早晨的味道

我们是你们的忧伤未来的光。

圣地的声音

噢,我的孩子们
死亡已奔跑过你们的心
像穿越一座葡萄园——
把以色列漆红在世界的每一座墙上。

仍驻留在我沙内的
渺小的神圣将有何结局?
透过孤绝的管笛
死者的声音静静响起:

放下复仇的武器,在田野中
让它们变柔软——
因为在大地的怀里
铁器和谷物也是亲兄弟——

但,仍驻留在我沙内的
渺小的神圣将有何结局?

在睡梦中遭谋杀的孩子

站起身来；弯下千年之树
将一度被称作以色列的那颗
白色、均匀呼吸的星
钉在它最高的树枝上。
再次往上挺跃，小孩说道，
到眼泪象征永恒的地方。

星群的晦暗
(1949)

被迫害者不会成为迫害者

脚步声——
你们将被保留在哪一座
回声的岩穴中,
那曾一度大声预告
死亡将临的你们?

脚步声——
不是鸟的飞翔,不是肠子暴露之景,
也不是冒着血水的火星
证实了死亡的预言——
而只是脚步声——

脚步声——
刽子手与受害者,
迫害者与被迫害者,
猎人与猎物的古老游戏——

脚步声
使时间变得凶猛急速,

用狼群装饰、刻记每一个钟点
让逃亡消灭于逃亡者的
血中。

脚步声
用尖叫、呻吟去计算时间,
用不断流出直至凝固的血,
积累搜集汗血津津的死亡的钟点——

刽子手的脚步
盖过无辜者的脚步,
是什么样的黑月如此恐怖地
在地球的运行轨道上拉引秒针?

在天体的乐音之中
你的音符在何处尖鸣?

译注:火星,Mars——此词亦指古罗马神话中的战神(玛尔斯)。

戈仑死神

戈仑死神!
脚手架已备妥
木匠们已到来
他们像一群猎犬
气喘吁吁,
追踪你螺旋状的影子。

戈仑死神!
世界的肚脐,
你的骷髅骨架张开双臂
一副假惺惺祝福的模样!
你沿着地球纬度铺放你的肋骨
精准定位!

戈仑死神!
在孤儿的床边
站着四名天使
羽翼收拢于前
轻掩他们的脸——

而在田间

纷争的杂草被种下,

疲惫的园丁

任由苹果在月球上熟成!

但是在繁星点点的天空

拿着天平的老者

称量哭泣的结局

从云朵到虫蛆!

戈仑死神!

但无人能将你高捧至

时间之外——

因为你痴醉的血是借来的

而你以铁包覆的身躯

会溃散成碎片

回到原点!

而废墟中住着双重的渴望!

石头把自己睡绿了,伴着青苔

与草丛里的紫星花

而花梗上金阳升起。

沙漠中

美远远可见，

失去新娘的人

请他拥抱空气

因为已创造之物不会消逝——

所有脱轨的星星

总以最深的坠落

找到返回永恒家园之路。

译注："戈仑死神"（Golem Tod），或亦可意译为"泥人死神""机器人死神"。戈仑（Golem，有魔像、泥人、石人……等不同译名），是希伯来传说中用黏土、石头等做成的土偶，注入魔力后可自由行动。Golem 一词本意为"胚胎"或"未成形的物质"。到后来，也被用以指人造怪物或机器人。萨克斯此诗以反讽的语调，批判纳粹对犹太民族进行的（借诸机械装置的）集体的屠杀。此诗一开头出现的"脚手架"（Gerüst：建筑工地上搭设的支架），由是也暗指绞刑架、断头台。

约伯

噢，你这苦恼的风玫瑰！
被原始的暴风不断
吹袭到不同方向的险恶之境；
即便你的南方也全然是孤寂。
你站立的地方就是痛苦的中心。

你的眼睛已深陷头颅之中
就像穴居的鸽子盲目地
在黑夜中被猎者逮出。
你的声音已然沉默，
因为追问了太多次"为什么"。

你的声音已与虫鱼为伍。
约伯，你彻夜守夜哭泣，
但有一天你血缘的星座
将比初升的太阳还闪亮。

译注：风玫瑰（Windrose），又称"风玫瑰图"，用来简单描述某一地区风向、风速的分布图形工具。

为什么他们用黑色的仇恨

为什么他们用黑色的仇恨
答复你的存在,以色列?

你,异乡人——
来自一颗比其他人都
遥远的星球。
你被卖到这地球
为了让寂寞继续传留下去。

你的根源与杂草纠缠在一起——
你的星群换得的是
属于蛾与蠕虫的一切,
却又如月水般,被时间的梦的沙岸
带离到远方。

在其他人的合唱队中
你总是比人
高一音
或低一音地唱着——

你将自己投入夕阳的血中
仿佛一痛追逐另一痛。
你的影子长长
而为时已晚
以色列!

要走多远你才能获得祝福啊
沿着亿万年的泪水
一路行向你化作灰烬的
路的弯处

而你的敌人用你烧焦了的
身体的烟
在天堂的额上
记载你致命的被弃!

噢,如此的死亡!
当所有救援的天使
翅膀滴血
破碎地悬挂于
时间的铁蒺藜上!

为什么他们用黑色的仇恨

答复你的存在

以色列?

以色列

以色列,
一度默默无闻,
仍紧裹在死亡的常春藤中,
永恒在你体内秘密运作,如梦似幻
你登上
月之塔的魔幻螺旋,
绕行戴着动物面具的
群星——
感受牡羊座不可思议的沉默
或金牛座突进的硬击。

直到密封的天空裂开
而你,
最最大胆的梦游者,
被上帝的伤口击中,
坠入光的深渊——

以色列,
渴望的顶点,

奇迹如雷雨般

堆聚在你头上，

猛泄于你年代的痛苦山脉中。

以色列，

先是轻柔，如鸟之鸣唱

以及受苦的孩子们的交谈，

生气勃勃的上帝的泉水

自你的血液流出，家园在焉——

译注：此处"以色列"（Israel），即《旧约·创世纪》中之雅各后来所改之名。雅各的人生充满传奇，梦天堂之门，与天使摔跤而瘸腿，赐名以色列，他的后裔被称为以色列人。关于雅各梦见登天之梯一事，参见前面《石头的合唱》一诗译注。

数字

当你的形体化为灰
沉入黑夜之海,
在其潮起潮落间,永恒
反复冲刷生与死——

数字升起——
(它们曾烧烙于你臂上
无人能逃脱其悲惨)

数字的流星升起
被召唤入广袤的空间,
光年伸展如箭矢
而行星
自痛苦奇幻的
质料迸生——

数字——自屠杀者的
脑袋拔根而起——
如今已化入

天体循环,繁星点点的

蓝色网络中——

世界啊,不要询问那些死里逃生的人

世界啊,不要询问那些死里逃生的人
他们将前往何处,
他们始终向坟墓迈进。
外邦城市的街道
并不是为逃亡者脚步的音乐铺设的——
那些房子的窗户,映现出有着来自
画册般天堂、年年变换的礼物桌的人间时光——
并不是为那些自源头处啜饮恐惧的
眼睛而擦亮的。
世界啊,强硬的铁已在他们脸上烧灼出微笑的皱纹;
他们渴望走近你
因为你的美,
但对于无家可归者,所有的道路都枯萎
如切花——

但我们已经在异国
找到一个朋友:傍晚的落日。
在它苦难的光庇佑下
我们被嘱咐走近它

带着与我们同行的忧伤：

夜的赞美诗。

译注：礼物桌（Gabentisch），摆放圣诞节礼物或生日礼物的桌子。切花（Schnittblume），指剪切下来的花朵、花枝等，常作为插花的素材。

我们被伤得如此重

我们被伤得如此重,
有恶语从街上抛来
我们就以为必死无疑。
街道不明此情,
而它无法承受这样的重担;
它不习惯目睹痛苦如维苏威火山
爆发。
它已忘却远古之事,
自从人造光当道
而天使们只和花、鸟玩耍
或在孩子的梦中微笑。

噢，傍晚天空中无家可归的颜色！

噢，傍晚天空中无家可归的颜色！
噢，新生儿消逝时
云中垂死的花朵！

噢，没有答案的
燕子的谜题——
噢，从创世纪起
海鸥非人间的叫声——

群星晦暗之后我们何往？
我们何往，当头顶的光投射下来的是
死亡涂绘在我们身上的阴影？

时间挟着我们的乡愁轰鸣
如一只贝壳

而地心之火
已然知道我们的崩解——

我们是母亲

我们是母亲
自大海般的夜把思念的种子
带回家,
我们把四散的物品
领回家。

我们是母亲
梦幻般
与星星们一同漫步,
过去与未来的
洪水
听任我们
像孤岛一样
出生。

我们是母亲
我们对死亡说:
在我们的血中绽放吧。
我们把沙推向爱

且带给群星一座反映的世界——

我们是母亲,
把创世之日
朦胧的记忆
摇入摇篮里——
每一次呼吸的起伏
都是我们恋歌的旋律。

我们是母亲
把和平的旋律
摇进世界的心脏。

以色列的土地

以色列的土地,
你的边界曾一度被地平线之外
你的圣人们测量出来。
你的晨气被上帝的长子用咒语降服,
你的山岭,你的树丛
在森森然逼近的神秘
其火焰呼吸中升起。

以色列的土地,
为天国之吻选定的
星光灿烂地!

以色列的土地
如今你那被死亡烧过的人民
已向你的河谷移居
所有的回声呼请族长们
对归来者祝福,
向他们宣告——那儿在无阴影的光中
以利亚曾和耕作的自由农同行,

那儿祓禊木在园中生长

甚至延伸到天堂墙边——

那儿小巷弄四处穿织

那儿祂像邻人般施与受

而死亡无需收成之马车。

以色列的土地，

如今你的人民

泪眼斑斑地自世界各角落归返

在你的沙上重新书写戴维王的赞美诗

而那完工后的字眼"大功告成"

在它收获的黄昏歌唱——

或许新的路得已然在贫困中

站起，在徘徊的十字路口

紧握着她拾起的落穗。

译注：以利亚（Elijah），以色列古代先知，曾行过许多神迹，其事工见《旧约·列王纪》。路得（Ruth），《旧约·路得记》中之女子，丈夫死后仍与婆婆一起，至伯利恒，往田间拾遗穗奉养婆婆。

如今亚伯拉罕已经抓住风的根

如今亚伯拉罕已经抓住风的根
因为以色列将在离散后回家。

它已在世界的庭院
采集创伤和折磨,
已用泪水浸黑所有上锁的门户。

它的老者们——几乎已穿不下他们尘世的衣服
四肢伸展如海中植物,

腌存于绝望的盐里
而哭墙之夜在他们的臂中——
他们将再多睡一会儿——

但年轻人已将其憧憬的旗帜抖开
因为田野渴望被他们爱
而沙漠渴望被滋润

而房屋将向阳

向着上帝而建

而夜晚将再度吐出唯有在故乡才显得这么蓝的
紫罗兰般羞怯的字眼:
晚安!

译注:亚伯拉罕(Abraham),古代希伯来人的先知,据《旧约·创世纪》记载,是犹太人的始祖。耶和华许诺给他与他的后裔迦南(今耶路撒冷一带)全地。他曾多次带领家族成员迁徙。老年时生了艾萨克;艾萨克生了雅各(后改名以色列)——即是以色列人的始祖。

你坐在窗边

你坐在窗边
天下着雪——
你的头发是白的
一如你的双手——
然而在你雪白脸上的
两面镜子里
盛夏仍在：
草地上升至缥缈的天外——
阴影之鹿夜间到饮水处饮水。

而我哀叹着沉入你的白，
沉入你的雪里——
生命如此安静地从那儿离开
一如在祷词念完后——

噢，在你的雪里入眠
连同尘世火热气息中所有的悲痛。

而你头上柔和的线条

已然沉入海的黑夜

迎向新生。

雾般的生灵

雾般的生灵

我们穿过一梦又一梦

沉入七彩的

光之墙——

但最终无色,无语,

化为死亡的元素

在永恒的水晶盘中

剥光所有神秘的夜翼……

蝴蝶

多么可爱的来世
绘在你的灰尘之上。
你被引领穿过大地
燃烧的核心,
穿过它石质的外壳,
倏忽即逝的告别之网。

蝴蝶
万物的幸福夜!
生与死的重量
跟着你的羽翼下沉于
随光之逐渐圆熟回归而枯萎的
玫瑰之上。

多么可爱的来世
绘在你的遗骸之上。
多么尊贵的标志
在大气的秘密中。

垂死者耳际的音乐

垂死者耳际的音乐——
当大地滚动的鼓声
雷雨过后般静静消逝——
当飞翔的太阳欢鸣的渴望,
无意义的行星它们的秘密
以及月亮流浪的声音
流入垂死者死后的耳中
将旋律之壶填进形销的尘土。

尘土,乐于迎接极乐的相会,
尘土,让其灵升起,
而灵,加入天使们与
恋人们的谈话——
也许正帮助一颗黑太阳
重燃其光——
因为万物死法皆同:
星星和苹果树
而午夜后
唯有兄弟姐妹交谈——

而无人知道该如何继续
(1957)

被遗弃之物在逃亡者眼中扎根

被遗弃之物
在逃亡者眼中
扎根,

敞开的门,因
空荡荡、失去声带的
房间的喉咙而沉默无语。

一个汤锅是一座孤岛
如果没有渴望洪水的嘴巴,

一张没有天文学的书桌。
像流星深埋于夜的坟墓

信件躺在那里未被展读
但它们的水晶纸镇

在窗口阳光下闪闪发光——
因为书写者已用云彩书写:

玫瑰

在一个崭新的天空中
而回音坠落成灰。

玻璃棺里的蜂翼
闪耀着金色光芒逃逸过一座座坟墓,

将带着撕裂的渴望
融化于蜜之火上,

当黑夜终于自焚于火刑柴堆。

散发死者气息的一阵柔风

散发死者气息的
一阵柔风。
垂钓者高高拉起银蠹鱼
穿过如假包换群聚的天使。

淌血的鳃的祈祷。

但做礼拜时
老妇人们睡着了,
尽管熏衣草的香气
和着火的字母
让她们眼睛难受泪流——

当闪电来袭

当闪电来袭
信仰之大厦失火
脚行走于水上
手臂如翅膀在空中拍动。

只有忧郁——
为就该晚起一回的
教堂墓园天使而
压酿的葡萄酒——
又流返人间。

在蓝色的远方

在蓝色的远方
成列的红苹果漫游
生根的脚攀向天空,
在那儿,为所有居住于山谷里的人
思念被提炼出。

太阳,带着魔杖
躺在路边
命令旅行者停下。

他们静立于
玻璃似的梦魇中
而蟋蟀细巧地搔着
不可见的事物

而石头舞着
把它的灰尘变成音乐。

正在醒来

正在醒来——
鸟鸣
自夜之井传来
水计时——
金星
苍白的种子
带刺的光芒
将死亡点点撒于生之中。

母牛和小牛
在温暖的牛棚里
在离别的汗水中冒着热气——
创世之始
金黄的惊异
向后
生根
于它们眼中。

所有的国家都准备好了

所有的国家都准备好了
要从地图上站起身来。
甩掉沾染了星影的外皮
将蔚蓝的海的包袱
牢系于背上
把以火为根的山脉
当帽子，戴在它们冒烟的发上。

它们已准备好要把最后几两忧郁
也装进背包，当作蝶蛹，
终有一日化为蝶翼
带它们抵达旅程的终点。

而后《光之书》的作者书写着

而后《光之书》的作者书写着
打开语字的血脉之网
自回旋、隐形,唯
渴望能点燃的
群星汲取血。

字母的尸体自坟墓中升起,
字母的天使,古老的水晶,
一经创造出即被囚禁于歌唱的
水滴中——而透过它们你看见
闪烁的红宝石,风信子石,青玉石,
那时石头仍然柔软
且像花一般被播种着。

而夜,这只黑老虎
咆哮着;而那被称作白日的
伤口在那儿翻来覆去
且流出火花。

光已然是嘴,但未出声,

此时只一股氛围暗示着灵魂之神。

译注:《光之书》(*Sohar*,又作 *Zohar*),犹太教神秘哲学的伟大著作,传为 13 世纪西班牙的摩西·李昂(Moses de León)所著。Sohar 一字原为希伯来文"光明""光辉"之意。在此诗中,萨克斯将《光之书》作者视为诗人的原型——揭开字母/文字、创作/创造,以及世界形成之秘。

解开它，像解开

解开它，像解开
包覆着生与死的亚麻床单，
又绿又红又白的黑暗中
字母的身体，蝴蝶的蛹，
且将它再次裹进爱的悲伤里
像母亲一般，因为苦难是光的藏身地。

但不论他以夏或冬之姿行动，
渴望之物已然浮现，心想事成变化有成。

用他的心跳锤打

用他的心跳锤打
自《圣经》之坟扯下死亡的常春藤
看到赤裸的火、水、空气与沙之脸
看到星与星之间空洞的大海：
孤寂；看到众眼中家国之痛，
所有的翅膀以任一地点为家乡，
而离别是一片言之叶

落下，并留下祂的名字，
从死中升起，像一只鹰——

呐喊的风景

在死亡动手扯裂所有缝线的夜晚
呐喊的风景
撕开黑色的绷带,

在摩利亚山区,从悬崖跌落向上帝,
燔祭之刀的旗帜飞扬
亚伯拉罕为他心爱儿子的呐喊,
仍存留于《圣经》的大耳朵里。

噢,呐喊之象形文字
镂刻于死亡的入口。

破碎的喉笛受伤的珊瑚。

噢,噢伸着蔓藤般恐惧手指的手啊,
深埋入献祭之血狂乱耸起的鬃毛中——

呐喊,被破碎的鱼颚锁住,
最幼小孩童们痛苦的卷须

以及老人们大口大口的喘息,

蔓延至满是燃烧的尾巴的枯焦的蓝天。
犯人,圣人们的囚室,
贴满了喉咙恶梦的图案,
戴着脚镣跳跃的疯狂狗舍中
沸腾的地狱——

这是呐喊的风景!
从呐喊中升天,
升自身体的骨骼栅栏,

呐喊的箭矢,发射自
沾满血的箭筒。

约伯在四方风中的呐喊
以及隐藏于橄榄山里的呐喊
仿佛一只软弱无力、被困于水晶中的昆虫。

噢,夕暮般血红的刀刃,飞入喉头——
那儿睡眠之树舔着血自地上升起
那儿时间在
广岛与迈登涅克的骷髅身上流逝。

自被折磨至瞎的先知之眼发出的灰烬的呐喊——

噢,破碎的日蚀中
你淌血的眼睛啊
高高悬于宇宙间
等候上帝弄干——

译注:摩利亚(Moriah),南巴勒斯坦山区,亚伯拉罕预备在那儿以其子艾萨克为燔祭;见《旧约·创世纪》22章。迈登涅克(Maidanek),波兰东部纳粹集中营所在地。

多少海洋消失于沙中

多少海洋消失于沙中,

多少沙在石头中被苦苦祈祷,

多少时间在贝壳

歌唱的角里被哭泣掉,

多少致命的被弃

在鱼群珍珠般的眼睛里,

多少清晨的号角在珊瑚中,

多少星图在水晶中,

多少笑的种子在鸥鸟的喉间,

多少思乡的线缕

在群星夜间的轨道上穿梭,

多少肥沃的土壤

为了这个字的根:

你——

在所有猛落下的

秘密的栅栏后面

你——

只有在睡眠中星星才有心有口

只有在睡眠中
星星才有心有口。
潮起潮落的呼吸
和灵魂们一起排练
最后的准备。
而岩石，从湿处升起，
沉甸甸的恶梦脸庞，
犹然是
被渴望的凿子刺穿的
燃烧的鲸鱼——
但爱情会变成什么模样，
在黑夜尽头，
当星星已然变透明？
因为矿石不再是矿石
在升天者所在处——

眼睑的后面

眼睑的后面
蓝色静脉
在时间的月光石上,
鸡啼声
打开了先知
头上的伤口。

手臂燃烧,
火焰回旋而上——腿
凋萎在外,
但身体下沉,
尘埃之果实,
带着冰冷的种子
致命用。

我又看到你了

我又看到你了,
烟标出了你的位置,
你扔掉
以奄奄一息的材料做成的
蝶蛹斗篷,
落日
以一丝你的爱
亮燃夜,
它升起
如一只燕翼
折叠后的飞行。
我抓住一片风之刃,
一颗流星悬挂其上——

夜以石头砸我

夜以石头砸我,
睡眠将我抬进
遥远的流放之路

出生
一度在我肌肤上拉起的
分界线
死亡以一只音乐之手
将之抹消

爱被赎回
将其星座写入
自由之中——

逃亡与蜕变
(1959)

猎户我的星座

猎户

我的星座

瞄准

一秘密出血点：忐忑……

逃离的脚步无处可遁——

但风不是房子

只是像动物一样

舔身体的伤口——

然而我们该如何把时间

从太阳的金丝中抽出？

好把夜

缠绕作蚕蛾的

茧？

噢，黑暗

广筑你的使馆

为得一瞬间：

在逃亡中休息。

译注：萨克斯 1940 年代的诗作往往藉遭纳粹屠杀的犹太人的声音说话，这些诗作成为大多数读者所熟知，且广泛译为外语的萨克斯之作，但这类诗作并无法全然界定萨克斯作品的力量。萨克斯的诗虽以大屠杀为素材，但她并非只是一位"写大屠杀的诗人"，而是要透过大屠杀的恐怖，写出永恒的逃亡、流放此一题旨之作，这或许也与她研习希伯来神秘哲学有关。萨克斯 1950 年代至 1960 年代初期的诗作让我们更宽阔地看见其诗歌之貌，更深刻地领略其诗艺。1959 年出版的《逃亡与蜕变》可谓其创作高峰期之作，在此本诗集中，她从为大屠杀受难者说话，转而更为自己身为难民的境况发声——她与年迈母亲住在斯德哥尔摩小公寓中的孤寂，她的流亡，她的疏离，她失去爱人的伤痛，她对宇宙神性、神秘力量的追寻——即便在这些诗作中她仍以具有灵视的想象力，将不断逃亡和寻求庇护此一处境视为形塑所有世代犹太人生命共相的历史、政治、精神与宗教经验。在这些诗作中，我们听到了一个更接近我们的萨克斯的声音。此诗中的"蚕蛾"（Seidenschmetterling，即英文 silk butterfly 或 silk moth），指蚕的成虫，负责交配、产蚕卵的蛾，形状像蝴蝶，全身披着白色鳞毛。其幼虫叫桑蚕，以桑叶为食，结成茧，在茧内化蛹。约十天后，羽化成为蚕蛾，破茧而出。此诗最后四行——"噢，黑暗／广筑你的使馆／为得一瞬间：／／在逃亡中休息。"（O Dunkelheit / breite aus deine esandtschaft / für einen Wimpernschlag: // Ruhe auf der Flucht.）——甚为动人。

在这么远的野外躺下

在这么远的野外躺下
入眠
带着沉重的爱的行李
逃离乡土。

梦的蝴蝶地带
像撑开一把阳伞
遮挡真相。

夜晚
夜晚
睡衣的身体
伸展它的空虚
而空间无歌地自尘土
逐渐增长扩张。

海
吞吐着泡沫的预言之舌
滚过

死亡的床单

直到太阳再度播洒

每一秒疼痛的光芒。

神圣的一分钟

神圣的一分钟

与最爱的人

难分难舍

这一分钟

宇宙

将其难以辨读之根

列入

与鸟类的盲目飞行几何同伙

与在夜间掘土的

蠕虫的五角星形

与在自己回声的图像上吃草的

公羊

以及仲冬之后

鱼的复活。

独眼眨又眨

心在燃烧

太阳

将其狮爪置于纺锤上
为受苦者拉网
越拉越密

因为不可将任何人叫醒
当灵魂不在

正充满思念地
出航在外
不然身体会死去
被弃于
风茫然若失的脸中。

逃亡

逃亡,
何其盛大的接待
正进行着——

裹在
风的披肩里
陷在永不能说阿门的
沙之祈祷中的脚
被迫
从鳍到翼
继续前进——

害病的蝴蝶
即将重识大海——
这块刻有苍蝇之
碑铭的石头
自己投到我的手中——

我掌握着全世界的

而非一个乡国的蜕变。

舞者

舞者

如新娘般

你自盲目的空间

孕育出

遥远创世之日

新滋长的渴望——

以你肉体的音乐街道

你啜饮大气

在那儿

地球

寻觅分娩的

新孔道。

穿过

夜之熔岩

仿佛

轻轻松开的眼皮

创作的火山眨着

第一声惊呼。

在你四肢的枝桠里
预感
构筑它们鸣啭的窝巢。

像一名挤奶女工
暮色中
你的指尖探进
那隐密的
光源
直到你,被黄昏的
拷问刺痛,
献出双眼
交予月亮守夜。

舞者
分娩中的妇人
独你
在你体内隐藏的
脐带上
配戴着神赐的
死与生孪生的珠宝。

睡眠编织呼吸之网

睡眠编织呼吸之网
神圣的经文
而无人在此识其字
除了恋人
他们逃逸
穿过歌唱着、旋绕着的
重重夜的地牢
被梦所裹
越过
死者之山

只有这样才能
沐浴在
亲手翻转的
他们自己的太阳
新生的光辉中——

如果有人从远方来

如果有人从

远方来

他所操的语言

发出的声音可能被

拒于耳外

随着母马的嘶鸣

或

幼乌鸦的

叽喳声

或者

尤有甚者,一只切断所有靠近者的

刺耳的锯子——

如果有人从

远方来

像狗一样移动着

或者

像只老鼠

冬天已到

给他穿暖一点吧
说不定他脚下有火
（也许他骑
流星而来）
所以别骂他
如果你的地毯，千疮百孔，尖叫——

异乡人总是把
他的家揣在怀里
像个孤儿
他要找的可能别无他物
而只是一座坟墓。

线条如活生生的头发

线条如

活生生的头发

伸延

黑暗的死亡之夜

从你

到我。

被牵制

在外,我倾身

渴盼

一吻距离的终点。

黄昏

将黑夜的跳板扔于

艳红之上

拉长你的岬角

我胆怯地将脚置于

已然开始的我的死亡

颤抖的弦上。

但那即是爱——

梦游者在他的星球上环行

梦游者

在他的星球上环行

被黎明的白羽毛

唤醒——

上面的血迹让往事重浮心头——

他吓得松手

扔下月亮——

雪浆果碎裂

在夜的黑玛瑙上——

梦渍斑斑——

地球上没有纯净的白——

多少故土在空中打牌

多少故土
在空中打牌
在逃亡者经历神秘之旅时

多少催眠曲
在树枝纠缠的树丛里
在那里,风是唯一的
接生者。

闪电般劈裂开,
根芽抽长的字母之林
吞灭似地受胎后
播撒出
上帝的第一个字

命运抽搐
在一只手血脉的子午线——

万物无止无尽

悬于

远方的光之上——

一时被支开

一时被支开
我等你
你远离生者而居
或仍在附近

一时被支开
我等你
因为已获解脱者
无法再以一环环
渴望被捕回
或以行星之尘的冠冕
加冕——

爱是一株沙漠植物
在火中效力
且不会被耗尽——

一时被支开
她等你——

一捆闪电

一捆闪电：
奇异的力量
占领
这一亩白纸
文字燃映出
致命的领悟
响雷猛击举行过
葬礼的房子。

在经由歪曲变形的书写
经由独一无二的瞬间而得的
今生的宽恕之后
内在的海洋举起其
白色的寂静之冠
给至福的你——

如是,我从词语奔出

如是,我从词语奔出:

一小块夜
张开双臂
只为了替
逃亡称重
这恒星时
沉入尘土中
轨道固定。

为时已晚。
轻,离我而去
重也是
我的肩膀已如
云般散去
手臂与手
全无负担感。

乡愁的颜色始终深且黑

如是，夜

再次占有我。

译注："恒星时"（Sternzeit），以恒星为基准，使用地球自转而测得之时间。一"恒星日"约等于 23 小时 56 分。我们一般所说的一"日"，正确应称为一"太阳日"，约等于 24 小时。

无尘之旅
(1961)

所有离开地球

所有

离开地球

欲触月

或

其他天界矿物之花的人——

被回忆

击中

他会飞得很高

随渴望所引发的爆炸力

因为

自地球漆黑之夜

他的祈祷已飞起

自日复一日的毁灭

出发寻找内在的目光之道。

陨石坑和干旱之海

充满泪水

路过一座座星际车站

前往一无尘之境。

地球四处打造

它乡愁的殖民地。

不降落于

嗜血的海洋

只求摇摆于

潮起潮落的轻音乐中

摇摆于

未受伤害者的节奏中

永恒的信号:

生——死——

你

你
在夜里
忙着遗忘这个世界
自极远处
你的手指为冰穴着色
用隐匿的海它歌唱的地图——
它将音符聚集于你的耳壳
造桥的砖块
由此岸到彼岸
这精确的作业
其解答,将
附送给垂死者。

天鹅

无一物

于水面上

而突然一眨眼间

悬挂上了

天鹅般的几何形

根植于水

向上蔓伸

而又弯下

吞尽了灰尘

且以空气

测量宇宙——

译注：本诗德语原文标题为 Der Schwan——德语 Schwan 一词亦指"天鹅座"（Cygnus），北天星座之一，其中心部分别名北十字星。

这块紫水晶中

这块紫水晶中
贮存着夜的各个年代
早先,一闪灵光
点燃了当时仍是流质
且哭泣着的
忧郁

你的死亡依然闪耀着——
硬的紫罗兰

轮廓

唯剩此——
你挟我的世界一走而去
死亡彗星。
虚空的拥抱
唯剩
一个失去了手指的
指环。

再一次,创世前的
黑暗
服丧的法则。
夜晚被剥掉
白日自我允许的
轻浮的烫金。

以阴影的书法
为遗产。

绿色的风景

连同其预言的水域

齐溺于

黑暗的死巷。

床椅和桌子

踮起脚尖从房间偷偷离去

跟随离别的头发——

一切皆随你而去

我所拥有的一切皆成空——

唯你,吾爱

从我的呼吸饮下话语

直至我沉默——

死亡依旧庆祝生命
(1961)

她被土星以忧郁加冕

她被土星以忧郁加冕
非常轻柔地滑行于轨道上
穿过奇异的银河系
当那些在十字架上方受祝福者,在他们口中
字母们因尚武好战
互相残杀——

那儿,在被囚禁的病患间,她紧
握住一根太阳系的金头发
在黑夜的大寝室中笑中带泪。

两个老人

两个老人
手拉手坐着
双子星
仍熠熠发光,在他们往昔烧焦的
音乐中
他们相爱于斯,同死于斯——
在黑王子的魔法蛊惑下
剪出这幅夜间黑色轮廓像
悲伤流露于视网膜上像不眠症一样
而他们的未来在指甲和头发里
快速成长,覆盖过死亡——

但向日葵

但向日葵
点燃了墙壁
从底部升起
黑暗中
那些与灵魂交谈者

已成为另一个世界的火炬
毛发超越死亡生长着——

而外头燕雀啁啾
时间在荣光中前进
斑斓多彩
而花儿一路生长到
人的心头

邪恶在榨汁器中成熟了
声名狼藉的黑葡萄——
已然被榨成酒——

人如此孤独

人如此孤独
向东看
拂晓一副忧郁的脸色

鸡啼东方红

噢,听我说——

在恋狮癖
与赤道猛烈的闪电中
丧身

噢,听我说——

在黄昏
与天使们幼童般的脸同枯萎

噢,听我说——

夜里在罗盘仪蓝色的

北方醒来

死亡之芽已然在眼睑上

且续往源头——

山如是爬进

山如是爬进
我的窗户。
爱是野蛮的,
把我的心带进
你尘土的光芒里。
我的血液变成忧郁的花岗石。
爱是野蛮的。

夜与死里里外外地建构
它们的国度——
不是为了太阳。
星星是缄口的夜的词语——
被野蛮的爱的
动力
撕裂。

炽热的谜语
(1964)

炽热的谜语(节选)

▌第一部分

今夜
我转过街角
走进一条阴暗的小街
我的身影躺在
我的臂弯里
这件疲惫的衣服
想要被带走
而虚无的颜色对我说:
你越界了!
  *
我清洗我的衣物
许多死亡在衬衫里歌唱
到处是对位的死亡
追捕者将之连同
催眠术一起织进
而衣料在睡梦中甘心地吸纳它——
  *
我们在这里编织花环

有些人有雷声的紫罗兰

我只有一片草叶

满是沉默的语言

让大气迸射出飞光闪电——

 *

幸存者紧抓着时间

直到金黄的灰尘停留在他们手中

他们高唱太阳——太阳——

午夜这黑眼睛

已被尸衣覆盖——

 *

我的爱流入你的受难中

闯过死亡

我们活在复活中——

第二部分

巨大的恐惧到临时

我哑口无言——

鱼将其死去的一面

向上翻

为奋斗的呼吸付出气泡

所有的词逃亡

到它们永恒的藏匿处
那儿创造力必须拼写出其
星星之诞生
而时间将它的知识输给
光的谜语——
　*
百合在剧痛的赤道上
当你用双手
道出祝福
远方靠近
那些与海洋同血缘的事物
朝来世漂去
而无记忆的灰尘开始涌动——

当你的下巴,随
地球的重量下垂——

第三部分

在我的房间
我的床榻所在
一张桌子一张椅子
厨房的炉子
宇宙跪下一如所有地方

以求自隐形

获得救赎——

我画一条线

写下字母

在墙壁上涂上自杀的话语

新生儿即刻在那儿萌芽

我刚让星星们握牢真理

地球就开始锤打

夜松动

脱落

整列牙中的死牙——

*

我看到他从屋子里步出

火烧了他

但没有将他烧焦

他把睡梦中的公文包

挟在腋下

里面装满了字母和数字

整套算术——

他的手臂上烙着:

7337 这引导号码

这些数字彼此成群结党

这人是测量员

他的双脚已自地球升起

有人在上方等着他

去建筑新的乐园

"且稍待——很快地你也将安息——"
  *

我正给你写信——

你再次来到这个世界

随着追索你的本体

久久萦绕的字母的力量

光闪耀

你的指尖在夜中闪烁

像这些诗句一样

自黑暗中迸生的星座——
  *

他们在街上相撞

地球上的两种命运

他们动脉中两种血液循环

此太阳系中

在路上呼吸着的两人

一朵云从他们脸上掠过

时间生了一个裂缝

记忆自其间窥视

远近交融

自过去和未来

两种命运碰出火花

而后分道扬镳——
　*

风黑暗的嘶声

在玉蜀黍中

受害者随时准备受难

根静默

但玉蜀黍穗

懂得许多种土语——

而海中的盐

在远方哭泣

石头是火热的实体

而元素被它们的链拉裂

以结合成一体

当云朵幽灵似的字迹

把最初的形象接回家

死亡边界上的秘密

"把一根指头放在你的唇上：

寂静寂静寂静"——
　*

四天四夜

你藏在棺材里

呼吸进——呼吸出——生命

以搁延死——
在四块木板间
躺着全世界的痛苦——
外头分分秒秒繁花盛开
云在天上嬉戏着——
　*
撒出，种子谷粒的秘密
已然向未来扎根
开始：
亚耳丁森林的舞蹈
地层下的搜索
搜索那藏于水晶中的脸
在南海之上虚无处的
黎明
恋人们
把贝壳贴于耳际
听深海音乐会
每颗星都通向一个入口
月球已有访客
老人未曾归来
每个出生都吸吮着生命——

第四部分

海

采集瞬间

对永恒一无所知

出神忘形地把

东西南北风之布

打成结

老虎与蟋蟀

在潮湿的时间的

摇篮曲中

入眠——

*

你听到的

音乐

是奇异的音乐

你的耳朵翻向外——

有个信号要求你专注

吞没了你的视界

冷却了你的血

让你自觉隐身

把闪电从你的肩胛骨拔出

你的听觉

被刷新

搜索者
(1966)

搜索者

1

舞会乐队声响如雷
音符飞出它们的黑巢
自杀似的——
深陷于悲伤的女子
在搜索的魔幻三角走来走去
在那儿火被拨开
而水足以淹死人——
恋人们相向而死
在空中织结静脉网络——

日蚀之时
绿色被判处化为灰烬
鸟儿在惊惧中窒息
因为未知事物正逐渐逼近——
自黑夜深处切出,
死之光
将搜索的历史拖曳入沙中——

航向穹苍之顶
白色的笑鸥坐在那里等候
她已然让解离中的尘埃冷下来

爱人的星座
被刽子手吹熄
狮子自天空坠落——

她搜索又搜索
用痛苦把空气点燃成烟火
沙漠的墙懂得这样的爱：
重新爬进夜晚
提前庆祝死亡——

她搜寻她的爱人
却遍寻不着
必须再来一场创世纪
请求天使
从她身上切下一根肋骨
将神圣之气吹送其上
沉睡的白色棕榈叶
叶脉如梦似幻地蜿蜒着
穷困的搜索者

把泥屑放进嘴里权充道别

继续其复活之旅——

2

你是洞观群星的占卜者

隐形地导出它们的秘密

从被遮掩的太阳散发出的七彩之光

白日与黑夜已然沦丧

新的事物高举真理之旗出现

火山似的自白在我脚下喷涌——

3

你是被撒播出去

无处安身的种籽

要怎样能探知风向

或者颜色和血

以及夜来虔诚的恐惧

征兆——那引导你的迷宫中的线——

4

一种不耐——森林之火在你血管中劈啪作响

呼唤：你在哪里啊——天堂里也许会有回音

而其他人安静地坐在桌边

喝着牛奶

外面，紫丁香哀伤地枯萎

小兄弟骑着山羊——

但她的痛苦告诉她他已死了

或许他已传奇地被安置在

南十字星座当中

在那里冰公主从她结冻了的坟墓起身

她的珠宝叮当作响

他温暖她

冰从寒光闪闪的数千年掉落

没时间捡拾它们了

时间在柴堆上被烈火所焚

在群鸟撕开夜时燃烧殆尽——

5

他们曾隔空交谈

两名囚犯

刽子手携着他们被收养的声音

来回于疯狂思念之径

死亡可曾递送过更美丽的礼物——

6

她站立处

是世界的尽头

未知的事物在每个伤口处酝酿着

然而梦想和愿景

疯狂以及闪电的写作

这些来自别处的逃亡者

会等到死亡诞生

他们才开口交谈——

7

你占据了天空的哪一方

北边的墓碑是绿色的

未来在那里生长

你的身体在太空中请愿:来吧

泉水寻找它潮湿的祖国

受害者不知弯身向何方——

译注:萨克斯十七岁时爱上了一位她始终未透露其姓名的男子,显然是她一生至爱。萨克斯获悉他于1943年丧身集中营之后,写作了诗集《在死亡的寓所》与诗剧《伊莱》。我们发现萨克斯的诗里反复出现一个男性恋人的形象,为她实践了某些诗歌功能。萨克斯自逝去的恋人——是先知,是星座,是受害者——的种种记忆获得自我鼓励与自我慰藉的力量。《在死亡的寓所》中的联篇诗作"为死去的新郎的祈祷

词"，1965年组诗《炽热的谜语》中的"我正给你写信"，以及1966年发表的《搜索者》等，都是萨克斯对爱人的抒情呼唤。在《搜索者》一诗中她既强化也颠覆传统的性别角色，让此首"大屠杀后"之作有了双重面向：在传统的诠释之外，加上当代的观点。

此诗中的女性追寻者被形塑成世上渴望的源头，是"祈求重聚"此一意念之化身，少了她的另一半，她的生命便不圆满，在全诗最后一段，她以一父性和母性特质并存的奇异混合体"潮湿的祖国"（feuchtes Vaterland）呈现此题旨——"潮湿的"是母性的特质，而"祖国"的德语Vaterland（英文fatherland）亦可直译为"父土"。

《搜索者》全诗由七个段落组成（第一段有七节，第七段有两节），具有自传性质（虽然书写的人称各段不同），是萨克斯探索爱情、心灵、个人命运、家国归属的重要诗作。

第一段讲述一个女子因寻爱而历经诸多磨难的故事，一开始的阴郁、可怖的意象清楚地预告这场爱情注定以悲剧收场。萨克斯改写《旧约·创世纪》典故，请求天使让她成为女版亚当，"从她身上切下一根肋骨"，为她的生命注入新气息，赋予她寻爱的徒劳过程一丝希望，让寻之人在绝望时仍能保有勇气（"穷困的搜索者／把泥屑放进嘴里权充道别／继续其复活之旅——"）。

第二段暗喻支撑诗人活下去的力量是文字，是书写，是她身为作家的使命感："你是洞观群星的占卜者／隐形地导出它们的秘密／从被遮掩的太阳散发出的七彩之光／白日与黑夜已然沦丧／新的事物高举真理之旗出现／火山似的自白在我脚下喷涌——"。

第三段道出了流亡之前诗人身在柏林的不安焦虑以及德国犹太人的身份危机："你是被撒播出去／无处安身的种籽／要怎样能探知风向／或者颜色和血／以及夜来虔诚的恐惧／征兆——那引导你的迷宫中的线——"。诗人藉意象传达出缺乏方向感、无家可归和未知宗教观的困顿，但也隐示某种未知的力量会导引她走出生存的迷宫。

第四段用了安徒生童话《冰雪女王》的典故，让现实与童话形成对比。在这一段，小男孩骑坐山羊，不像安徒生童话中的女主人翁骑着鹿。萨克斯将童话故事背景由北方置换成南方的巴勒斯坦("但她的痛苦告诉她他已死了／或许他已传奇地被安置在／南十字星座当中")。"他温暖(了)她",千年寒冰被融化了,但他们却已经没有时间捡拾代表"永恒"的碎片(在童话故事中,男主人翁从冰雪女王手中获释的条件是从城堡的冰碎片中拼出永恒),因为现实毕竟不是童话——"时间在柴堆上被烈火所焚／在群鸟撕开夜时燃烧殆尽——"。她期盼她的呼唤在天堂会有回音,但她知道爱人不会回来了,因为"她的痛苦告诉她他已死了"。

在第五段,萨克斯谈到被刽子手处死而终结的短暂相聚。身为犹太人,他们是囚犯,而死亡是所有礼物中最美丽的礼物,因为它让他们得以抽离尘世上的精神与肉体流放、抽离所有人间苦难,而再无逃亡、别离之痛。此段颇动人、感人,里面的刽子手("携着他们被收养的声音／来回于疯狂思念之径")居然被描绘成有点像帮远隔两方的牛郎、织女搭桥的好心的喜鹊。

在第六段,萨克斯提及她的流亡人生("她站立处／是世界的尽头"),她徘徊于忧郁和生存意志之间,甚至幻想死亡是另一种新生,因为"梦想和愿景／疯狂以及闪电的写作／这些来自别处的逃亡者／会等到死亡诞生／他们才开口交谈——"。

在最后一段,我们再次读到她一生作品中不断出现的对无垠星空的想望——渴望有某种力量能带她飞离可怖的现实("你的身体在太空中请愿:来吧／泉水寻找它潮湿的祖国")。最后一句("受害者不知弯身向何方——")独立成行。以此作结,道出萨克斯的郁结所在:她寻找挚爱未果,遭受流放命运,生命对她而言意味着孤独和不断追寻,以摆脱诸般禁锢和忧郁。追寻所爱,追寻身份和宗教认同,追寻家园,是她(以及众多犹太人)一生未竟、难竟的课题。

裂开吧，夜
(1971)

裂开吧,夜(节选)

第一部分

在言语之墙前——沉默——
在言语之墙后——沉默——
悲伤穿过皮肤流露出
目光越过苦难的冰河
双手在黑暗中摸寻
虚无的白色城垛
在其外
爱的神圣太空翩然起舞
星星接纳了生命之伤——
　*
日日
一步步接近
隐形的
黑暗的奇迹
从黄昏入夜
从黎明进入白天
忘却一切语词

感受沉默

仅有之物

唯泪

寻找出口——

那随生命持续迁移直至

一个名叫死亡的地平线方止的出口
 *

死者以骷髅骨笛演奏的音乐

骤起，跨越边界

灵性的字母在沉默的耳边闪耀。

这恐怖的灰烬，即是遗产——
 *

两只手在夜里那样的闪闪发光！

你的手

在月黑时

仅仅因为爱与死

相拥的痛苦

萌生此最纯粹的真

蓝色静脉网鼓胀

如太阳系的汗巾

在引爆出新世界的

那场爆炸之前

这些标记

是救赎所在

 *

死亡——我因渴望你而苍白

直至你最终的垂死之光

滴尽所有的血于你化为虚无的瞬间

命绝始发现来世——

复活——

▍第二部分

多么滔滔不绝的幼苗声

在夜的窗台上

多么神奇的预言

在空中大声宣告

多么有通灵眼光的地质学家

正在解读地球被割开的动脉

在其痛苦的桌上

当世纪的死皮

将沉默席卷一空——

 *

但

也许

恐怖最先始于

尚未发酵成形的此星球上

伴着出生于许多光年外的

猫头鹰遥远的叫声——

仍沉沉睡着

在那个邪恶的黎明

当洪水

把可怕的再洗礼派教徒冲刷出

　　*

群山之巅

会互相亲吻

当人们离开他们的死亡小屋

为彼此戴上

彩虹之冠

大量出血的地球

七色的提神物

第三部分

现在你已经让你的逃亡行李

过去了——

边境是开放的

但首先

他们扔掉你所有的"家"

像把星星扔出窗外

永远不再回来

居于无人居住之地

然后死去——

第四部分

在我的窗外

鸟吱喳叫

在荒芜的窗外

鸟吱喳叫

你看到它

你听到

但有所别

我看到它

我听到

但有所别

同在一个太阳系

但有所别

*

裂开吧,夜

你的双翅闪闪发光

恐惧地颤抖着

因为我要去把

沾满血迹的夜晚

带回给你

译注:第一部分出现的"汗巾"(Schweißtuch,擦汗的毛巾、手帕)一词,亦指带有耶稣面像的手帕(传说耶稣赴刑场途中,圣女维罗尼卡以手帕为其擦汗,圣容遂留于手帕上)。第二部分出现的"再洗礼派"(德语 Wiedertäufer,英语 Anabaptist),或称重洗派、重浸派,为欧洲宗教改革运动时基督教分离出的教派,认为对婴孩施洗毫无意义,主张在成年后因信仰而相互给予(再次)洗礼。萨克斯在此诗中(架空地)提到"再洗礼派",读来有点魔幻写实主义似的荒诞趣味。

萨克斯诗剧选

伊莱:
一出有关以色列苦难的神秘剧

人物表

洗衣妇　女面包师傅　撒姆尔　泥水匠们
荷赛耳　女孩们　米迦勒　小贩孟德尔
妇人　男人　磨刀匠　驼子　瞎女孩
提琴手　年轻女子　做礼拜的群众
拿着镜子的男人　裁判官　乞丐　拉比
老妇人　老人　木匠　园丁　生物
农夫　教师　鞋匠　鞋匠之妻　邮差
医生　小孩们　各种声音

时间：殉难之后

第一景

波兰小镇的市场,许多幸存的犹太人聚集于此。四周的房子一片废墟,只剩下一座喷泉位于中央,一个男子在喷泉边工作,切割、铺设管道。

洗衣妇(提着满篮的白色亚麻布,唱着歌):
自洗衣店,我自洗衣店来
洗涤死亡的衣服,
洗涤伊莱的衬衫,
洗去血液,洗去汗水,
孩童的汗水,洗去死亡。

(对着铺管男子)
撒姆尔,我将把它带给你,
在黄昏时将它带到牲口巷,
那儿,蝙蝠鼓翼于空中
当我翻动《圣经》书页
寻找耶利米哀歌时,
那儿,它燃烧、冒烟、石块落下。
我将带给你的是你孙子的衬衫,
伊莱的衬衫。

女面包师傅：

怎么回事，姬特儿，他怎么突然变哑了？

洗衣妇：

那天早上，他们前来带走他的儿子，

将他自床上，自睡梦中拖起——

一如他们先前撞开

会堂里的秘殿——

使不得啊，使不得啊——

他们如是将他自睡梦中拖走。

他的妻子拉利也被他们自睡梦中拖走，

他们在后面驱赶她穿过牲口巷，

牲口巷——寡妇罗莎坐在

角落，坐在窗边

叙说事情的来龙去脉

直到他们用一根荆棘

堵住了她的嘴，因为她丈夫是个园丁。

穿着睡衣的伊莱跟在父母后面跑，

手上拿着风笛，

他在田里对着牛羊

吹奏的风笛——

而撒姆尔，他的祖父

也跟在他孙子后面跑。

而当伊莱看到,

用他八岁的眼睛看到

他们如何驱赶他的父母

穿过牲口巷,牲口巷时,

他把风笛放在嘴边吹了起来。

而他并不像对着牛群或嬉戏时

那样吹奏,

寡妇罗莎说道——当时她还活着——

不,他把头往后一仰,

如同雄鹿或雄獐

在井泉喝水之前的姿势。

他将风笛朝向天国,

吹给上帝听,伊莱如是吹着,

寡妇罗莎说道——当时她还活着。

女面包师傅:

到旁边来,姬特儿,这样他才不会听见,

听见我们的谈话,那哑了的人。

他像海绵般吸收我们的话语,

却无法自喉头进出半个字,

和死亡牢牢拴在一起的喉头。

(他们走到一旁)

洗衣妇:

在队伍中行进的士兵

环顾四周，看到伊莱

对着高空吹奏风笛，

就用枪托将他打死。

他是个年轻士兵，年纪尚轻，

寡妇罗莎说道。

撒姆尔抱起尸体，

坐在里程碑上，

现在成了哑巴。

女面包师傅：

米迦勒当时不在附近

未能前往营救伊莱吗？

洗衣妇：

米迦勒当时在祷告房。

在燃烧的祷告房里

他扑灭了火焰

他救了荷赛耳，

救了裁判官，

救了雅各，

但伊莱却死了。

女面包师傅（沉思着）：

他的一切也许就此终止，

在祂

遗弃我们的那一刻？

洗衣妇：

寡妇罗莎还说

米迦勒来晚了一分钟，

小小的一分钟，

瞧，小小的，就像我刚刚用来

缝伊莱的衬衫

裂缝处的

那根针的针眼。

你想他为什么来得太迟，

不是没有敌人可阻挡他的去路吗？

他一步跨进那条小街，

仅仅一步，

弥莉安的房子曾在那儿，

然后转过身来——

伊莱就死了。

寡妇罗莎接着说：

但米迦勒具有无懈可击的洞察力，

不像我们，只能看到片段——

他具有犹太圣者般的洞察力，

可从世界的一端看到另一端——

（她走近喷泉）

撒姆尔，来得及供节庆使用，

供新年使用吗，这喷泉？

（撒姆尔点点头）

女面包师傅：

姬特儿，我告诉你一个秘密。

我听见脚步声！

洗衣妇：

巴西雅，你听到什么脚步声？

女面包师傅：

当他们来抓艾撒克，我的丈夫，

面包师，因为他烘焙扭结饼，

含禁用的面粉的甜扭结饼，

当他们自炉边将他带走时，

我把他的外套拿给他，

因为外头寒风刺骨——

扭结饼嘶鸣如

马对着燕麦时欢欣的嘶鸣：

"他会回来的，在穿上外套之前就会回来——

他会回来的！"

他回来了，没有脚步声！

就在那时，脚步声开始在我耳朵响起！

沉重的脚步声，

震撼的脚步声，

它们对土地说：

我要让你裂开——

其间夹杂着他蹒跚的脚步，

因为他很少走路，

在寒风中用力呼吸，

他站在烤箱旁，

日日夜夜地——

洗衣妇：

你现在仍然听到脚步声吗？

女面包师傅：

它们活在我的耳朵里，

它们在白天走动，

它们在夜里走动，

不论是你说话还是我说话，

我时时刻刻都听到它们。

洗衣妇：

去问问米迦勒

看他是否能帮你摆脱脚步声。

我得问问米迦勒他知道些什么。

因为他能将鞋底与鞋帮缝合，

除了如何游走到墓地，他一定还知道其他的。

我跟你说，巴西雅，我是个洗衣妇，

我做了碱水，洗好了衣服，用水漂干净，

但是今天在洗衣店里，

在伊莱衬衫的缝线裂开处——

它在那里注视着我——

女面包师傅：

要是我能够，

我会打开那上方的裂缝，

被阳光弄得血糊糊的。

要是艾撒克的眼睛能看到我就好了——

困坐牢笼，脚步声

围成的牢笼，

我会说

打开牢笼，

让我逃离沉重的脚步声，

让大地裂开的

震撼的脚步声——

你蹒跚的步伐夹杂其中——

洗衣妇：

喷泉涌出水了！

女面包师傅：

喷泉涌出水了！

（她用双手围成杯状，喝水）

把脚步声，脚步声

带走，带离我的耳朵——

那些脚步声——脚步声——

（她倒在地上）

幕落

译注：扭结饼（德语 Brezel，英语 Pretzel），亦称德国碱水面包、椒盐卷饼、蝴蝶饼等，是一种用面团烘烤的糕饼，通常为绳结的形状。

第二景

相同的市场,不同角度的场景。喷泉涌水。在一间破败的房子前,一个年老的泥水匠和他的学徒正干着活。背景是一条狭窄、荒芜的巷道,巷道尽头有个祷告棚。绿色的风景四处闪亮。

泥水匠:
  荷赛耳,到喷泉那里将水桶装满,
  到盖房子的地方取石灰,
  他们正在城门外建筑新镇。
  那里不再有城门,
  不再有旧镇,
  不再有祷告房,
  只有足以用来作为圣所的土地!
  (自言自语地)
  这曾是一间房子,这儿,这曾是一座炉床,
  炖锅仍在那儿,被烧得乌黑。
  这儿有一条彩色的缎带,
  它先前也许是摇篮的蝴蝶结——
  它先前也许是围裙的带子——

谁晓得?

这儿有一顶无沿便帽。

谁戴过?

一个青年,一个老人,还是一个男孩?

它是否会守护那缄默的十八条祝福文,

免于胡思乱想,

免于心生邪念,

或者——谁晓得呢?

(一个穿睡衣的女人匆忙地从窄巷走来,用手指敲打墙壁和石头)

泥水匠:

伊丝帖·温博格,你在敲什么?

没有答案锁在石头里。

荷赛耳(提着水桶):

这女人从疗养院跑出来,

现在她在捡石头,丢石头——

泥水匠:

想要越狱——

荷赛耳:

但是她现在在做什么?

两手像杯子一样开开阖阖,

将之装满空气。

石匠之妻(唱着歌):

你的右腿

轻如小鸟——

你的左腿

轻如小鸟——

在南风中卷曲——

心能颤抖如手中之水——

颤抖如手中之水——

噢……噢……

（她跑开）

泥水匠：

她用空气造她的小孩——

（他拿起一块石头）

我们打造坟墓，

但是她已逃脱——

正跟着祂学习——

荷赛耳（追那女人，随后折回）：

那女人死了。

对石头说："我来了"，

用额头撞击石头而亡。

当时这封信就搁在她身边。

泥水匠（念着）：

"这石块纹理分明，像你的太阳穴。

我在睡前将它放在我的脸颊，

感受它的抑郁,

感受它的崇高,

它平滑和凹凸的部分——

吹气于上,

它就会像你一样地呼吸,伊丝帖……"

这是盖德,她先生,写来的信,

他在采石场做苦力至死,

背负着以色列的重担——

(荷赛耳哭泣又叹息)

泥水匠:

别哭,荷赛耳。

让我们将旧屋重建。

如果眼泪挂在石材上,

如果叹息挂在木料上,

如果小孩子们无法入眠,

死亡就有了柔软的床。

(他一边砌砖,一边唱歌、吹口哨)

世界之主啊!

祢,祢,祢,祢!

万石之主啊!

祢,祢,祢,祢!

我到哪里可找到祢,

我到哪里可以不找到祢?

祢,祢,祢,祢!

        幕落

第三景

市场附近破败的巷道,隐约可见。喷泉涌水。孩子们跑过来。

年长的女孩:

　　学校老师说

　　今天是米迦勒

　　多年前举行婚礼之日,

　　那天他们当着祝福的烛火

　　抢走他的新娘。

年幼的女孩:

　　我们来玩什么?

年长的女孩:

　　婚礼和烛火的祝福,

　　我来当新娘——

男孩(抓住她):

　　那我要把你抢走。

年长的女孩(让自己脱身):

　　不,我不要那样,

　　我要替自己找个宝宝摇她入睡。

荷赛耳：

当我在船上时，

大海总是与我们一同遨游而去，

像一卷纱线一样

当我握着线让它滚出去，

但我们未曾到达

那白色的起点。

但睡梦中我到了那里。

当我醒来，有人说：

许多人淹死了，

而你却得救了。

但水依然时时尾随我。

年幼的女孩：

我一直在很深很深的夜里坐着，

有一个女人在那里，

和疗养院的黎亚修女一样仁慈，

她说：睡吧，我会守护着。

然后我嘴里出现一堵墙，

于是我吃了一堵墙。

年长的女孩：

那女人是你的母亲吗？

年幼的女孩：

母亲？那是什么意思？

年长的女孩（从碎石堆中拉出一条破布）：

这是亚麻布,

这是一块木头,

只有一端被烧焦。

现在我有了一个宝宝,

黑发的宝宝,

我现在要摇她入睡了。

（唱歌）

从前从前流传着一个故事,

这故事一点都不快乐。

这故事以歌起头,

咏唱一位犹太人的王。

从前从前有一个国王,

这国王有一个王后,

这王后有一座葡萄园——

卢令卡,我的乖儿……

年幼的女孩:

你是跟蕾贝金学的吗?

年长的女孩:

是的。

（唱歌）

葡萄园里有一棵树,

树上有一根树枝,

树枝上有一个小鸟巢——

卢令卡,我的乖儿……

荷赛耳:

瞧,我找到了一根骨头——

谁要是用死人骨头做风笛

一定无法吹唤牛群往前走——

年长的女孩:

那水还跟着你吗?

荷赛耳:

是的,有些时候,

但吊死的伊色多更常来,

对我说:朋友,一卷纱线

握起来像一条绳子——

年长的女孩:

太晚了,

我们去蕾贝金那儿吧!

荷赛耳:

把你的宝宝给我,

我把她丢到碎石堆里,

让她哭个够。

年长的女孩:

不,别那样做,

她的名字叫弥莉安,

我要到厨房去

向蕾贝金要一把刷子,

那可以当作头。

(唱歌)

鸟巢里有一只小鸟,

小鸟有一只小翅膀,

翅膀上有一根小羽毛——

卢令卡,我的乖儿……

(所有的人缓缓走下舞台,自后台唱出)

国王终须一死,

王后终将消殒,

树木必会枝叶散,

小鸟必会飞离巢……

幕落

第四景

唯一未毁的房子内的米迦勒的补鞋店。穿窗而望，月光和旷野。墙上搁架摆放着鞋子。桌上摆着工具。板凳在窗前。米迦勒，瘦瘦高高，发色微红。他抓起一双鞋子，搁放于窗前板凳上。然后，举起一只鞋，月光衬托出它的黑色轮廓。那是一只娇小的女鞋。

米迦勒：

你的脚步如此轻巧，

小草在你的脚后方扬起头来。

这里有你扯断的带子，

当时你匆忙走向我——

爱情来得快，

太阳升起的速度

远比它慢。

弥莉安——

（他跌坐地上，头夹放于两膝间）

什么星座看到了你的死状？

是月亮，太阳，或者夜晚？

有星星吗？没有星星吗？

（一朵云飘过月亮。房间几乎一片漆黑。滑行的脚步声传来。一声叹息后是粗犷男人的声音）

男人的声音：

你真美，我的爱人，

如果我是你的新郎，

我会嫉羡死亡。

但如此——

（狂放的笑声，尖叫声）

（米迦勒静止不动地躺了很久。月光再度照耀。他起身，抓起一双笨重的男鞋）

米迦勒：

伊色多的鞋子，

当铺老板的鞋子，

笨重的鞋子。

一条虫嵌在鞋底，

一条被践踏的虫。

月光继续照着，

就像它看见你死状时。

（一如先前以同样的姿势跌坐在地。沉重的脚步声传来）

第一个人声：

不要将它挂起。

我已把它放入盒内。

檀香木做成的盒子——

它是先富后穷的莎莉的珠宝盒——

她是个好顾客——

第二个人声：

说，那珠宝盒怎么了？

第一个人声：

把它埋了，埋在山毛榉树后面，

松林间唯一的山毛榉树——

里面有一枚戒指，

有一颗石头，海蓝宝石，

有一团蓝火，海蓝宝石——

整个地中海都在里面——

蓝，好蓝，在阳光闪耀时——

不——没有东西在口袋里咔嗒作响，空无一物——

是晚风，

在叶丛中银亮亮地作响——

第二个人声：

那么就随晚风簌簌作响吧，你——

（米迦勒静止不动地躺着。他再度起身，抓起一双童鞋，高举过头顶。早晨的太阳开始染红天空）

米迦勒：

鞋子，

自里边一遍一遍地被踩踏,

羔羊之毛黏附其上——

伊莱——

(他再度以先前的姿势坐下。撕心裂肺的风笛声传来)

幕落

第五景

破败屋子的房间。撒姆尔坐在木板床上。膝上放着伊莱的尸衣。烛火闪烁。米迦勒走进。

米迦勒:

　撒姆尔,

　我请你帮我寻找我正在寻找之物,

　我寻找手,

　我寻找眼睛,

　我寻找嘴巴,

　我寻找一片皮肤,

　世界的腐败已深入其中,

　我寻找杀死伊莱的凶手。

　我寻找灰尘,

　自该隐以来,它掺和了

　每个凶手的灰尘并且等待着,

　这期间或许已化为小鸟——

　而后是凶手。

　或许它成了曼陀罗花——

　为了它拉结把一个夜晚让给利亚——

或许它封住了撒姆尔含恨的呼吸——

想想看——

这灰尘可能已触摸过卢里亚的祈祷书,

在它隐藏时,

在它的字母进出火焰前——

想想看——

噢,我鞋子上带给你的是什么样的尘土?

(他脱下鞋子)

撒姆尔,让我问问哑巴的你,

他个儿高吗?

(撒姆尔摇摇头)

米迦勒:

他比我矮,比你高吗?

(撒姆尔点点头)

米迦勒:

他的头发,漂亮吗?

(撒姆尔点点头)

米迦勒:

他的眼睛,黑色的,蓝色的?

(撒姆尔摇摇头)

米迦勒:

灰色的?

(撒姆尔点点头)

米迦勒：

他的肤色，红颊，健康？

（撒姆尔摇摇头）

米迦勒：

那么是苍白啰？

（撒姆尔点点头）

米迦勒（呜咽着）：

地球上有多少百万人？

该隐之流的凶手。

支离破碎的曼陀罗花。

夜莺之灰尘，

祈祷书之灰尘，

字母像火焰般自书中跃出。

（撒姆尔递给米迦勒一根牧羊人的风笛。米迦勒向内吹气。

微弱的乐音传出。他指着尸衣，衬衫上有男人头像的轮廓）

米迦勒：

看啊，看啊，

烛火投下了阴影——

或者是你的瘖哑说话了：

仍然十分年轻，

鼻子宽宽的，

鼻孔因欲望而颤动，

眼睛有狼一般的瞳孔——

嘴巴和孩童的一样小——

（脸孔消失）

脸孔如是在梦中合成——

水自隐密处流出——

它消失了，

在我眼中燃烧。

在我找到他之前

它会介于我与万物之间，

它将在空中悬浮——

我吃我的面包，

等于我吃这恐怖的灰尘，

我吃一颗苹果，

等于我在吃他的脸——

撒姆尔，

你说的话已抵

一切尘埃的尽头。

此事之化合，在语词之外！

（他退到门边，穿上鞋子）

幕落

译注：拉结（Rachel）、利亚（Leah）——雅各的两位妻子。卢里亚，指艾萨克·卢里亚（Isaac Luria, 1534—1572），16世纪重要的犹太拉比与神秘主义者。

第六景

市场的空地,面向田野。可听见泉水喷溅声。在耕地的沙路上,小贩孟德尔站着叫卖他的货物,路人围观。

孟德尔:

大减价,大好的机会!

很荣幸向各位展示:

围裙布料,可洗,不褪色,有花朵图样,

有花朵图样,

棉料长袜,丝质长袜,直接自巴黎进口。

富弹性,瞧,你可从

这里将它拉长到未来的天国,再弹回原处——

直接自美国进口。

还有从英国来的治头痛的熏衣草

以及治消化不良的薄荷——

但这自俄国进口的亚麻——

不为死者做寿衣,不再这样,

不做伸向门口之脚的裹脚布——

而是做美丽新娘的嫁衣,做小宝宝的衣裳——

女人（对丈夫说）：

瞧这里

这块节庆味的布料很适合我，

新年就快要到了。

男人：

我们住在救济院，

你既没桌子又没椅子，

要这玩意干什么？

女人：

哎呀，你看看

史汤达尔家的小妇人，

她的丈夫就比我的丈夫强，

他已经为她买了一条上好的围巾。

男人：

你现在站立的地方，曾经血流成渠——

女人：

我们幸免于难，

应该为获救庆祝一下。

男人（对小贩）：

你又四处让女人们被宠坏了。

对华服的喜爱

会让孝服也加上绉褶与荷叶边。

孟德尔：

我没老婆。

若有的话,我要和所罗门王一争长短。

赞美妻子美德的人

也该赞美她的衣裳——

男人:

好吧,替我量一段布料。

磨刀匠:

磨剪刀啊,

磨刀子啊,

磨割新庄稼的镰刀啊——

另一妇人:

我希望他走远些

不要在这儿磨刀

那磨刮的声音

叫人难以忍受——

磨刀匠:

下回你吃东西时

会用得上一把刀——

下回你收成时

会用得上一把刀——

下回你穿衣时

会用得上两把刀。

(他继续磨刀)

另一妇人：

噢，这漠不关心的态度！

你难道没有察觉，你的磨刀声

把世界割得支离破碎？

磨刀匠：

我未与人结仇，

也不想冒犯谁——

我磨刀，因为那是我的行业——

另一妇人：

好，那既是他的行业，

那么我的行业便是哭泣——

而另一人的行业是死亡。

（两名十几岁的女孩走过）

一名女孩（对小贩说）：

小贩，我要买一卷棉线。

（对她的同伴）

让我把线卷缠在你的手腕，

我卷线时你握稳它们，

这好比道别。

他们紧握我的手腕

却把我母亲带走——

告别声从她那头传到我这头——

从她那头传到我这头——

直到结束——

（她们继续前行。一名提琴手来到，开始拉奏。大家开始跳舞）

驼子：

骨头里充满渴望——

老亚当在乐音中骚动不安，

新人类已长出了第一根肋骨。

（瞎女孩两手前伸地走来，握着嫩枝和柴枝。她打着赤脚，衣衫褴褛）

女孩（在提琴手前停了下来）：

我感到脚底一阵抽动。

渴望的走道必须到此为止。

我所有的旅程都抵终点了。

（她丢下柴枝）

每当我双脚有了新的创伤

就是一趟旅程的结束，

有如整点响起的时钟。

我想再看看我的爱人，

他们却夺去了我的眼睛——

从此，我计数着午夜。

如今我只不过是爱人滴落的一颗眼泪，

最后的伤口已在我脚里绽裂——

（她跌坐在地，随后被带走）

驼子：

她随身带着的只是旅程的骸骨——

肉身皆因渴望而耗损——

她想再看看她的爱人——

但是魔鬼

闪避人眼瞥见的爱之镜

而将之击碎——

两名孩童（拾起嫩枝，唱着歌）：

我们捡到柴枝，

我们捡到旅程，

我们捡到骨头，

嘿，嘿，嘿——

孟德尔：

这一根柴枝

可用来捆绑我的包袱，

其他的你们可以留着。

（提琴手继续拉奏，每个人都跳起舞来）

驼子：

不要跳得那么用力，

不要敲击睡梦的墙壁，

它会淹没你们，

里头有太多年轻的心——

会出现爱的灰尘——

谁晓得那谷物滋味如何——

谁晓得？

年轻妇人（手上抱着小孩，对驼子说）：

不要那样盯着我的孩子看！

上帝保佑他远离邪恶的目光——

驼子：

上帝保佑，别让我的目光灼伤他。

我只是好奇

在这种时代

你如何生养他——

年轻妇人：

在地下的洞穴里我生下他，

在洞穴里我喂他吃奶——

死亡带走了他的父亲，

但未带走我，

看到我乳房的奶水，

它未带走我。

驼子（重复她的话）：

它未带走你——

年轻妇人：

如果我冒犯了你，请原谅。

啊，上帝保佑，

我起初以为

你是以色列苦难

活生生的样本。

驼子（指着他隆起的背）：

你看到这小背包

代罪羔羊把人民的苦难装在里面。

年轻妇人：

我觉得

打从我坐在洞里

迄今似乎已过了一百多年——

我再也无法忍受亮光——

我只是眨眼——

对我而言这些似乎都不是人类，

我看到土冢在跳舞——

夜晚留不住任何名字。

所有吠叫的生物，所有歌唱的人，

我早已遗忘——

驼子（指着小贩投落的长影）：

在以色列，夜早已深了。

（所有的舞者都投下长长的身影。他们的身躯仿佛被夕阳余辉遮蔽。只剩年轻的妇人抱着她的小孩清晰地站立于光中）

幕落

第七景

与开场相同的市场。背景是一条窄巷,巷尾有个祷告棚。一群信徒齐聚做节庆的礼拜仪式。

第一名信徒:

　　就在这个地方

　　步履拖曳的面包师傅艾撒克

　　因为一块甜扭结饼被人打倒。

　　他的店面招牌是一块铁制的扭结饼。

　　孩子们的目光

　　渴切地黏着它不放,

　　尽情地用眼睛吃个过瘾——

　　有一个小孩倒地身亡,

　　眼睛吃够了铁扭结饼。

　　艾撒克想:

　　我要烤一块甜扭结饼,

　　然后一块又一块地接着烤,

　　这样他们才不会两眼盯望铁扭结饼

　　吃到撑死自己。

　　他烤了一块扭结饼,没有第二块了。

铁扭结饼红光闪闪

仿佛在面包师傅炉火中,

直到一名战士拆走它,

为下一次死亡将它熔化。

(手里拿着一面镜子的男人走过,看着镜子)

男人:

那儿,你抱着小孩的地方——

我相信我们共是七个人——

在那儿,你的身体崩垮掉入裂开的坟墓,

你枯竭的乳房哀悼地垂悬其上。

噢,我的母亲

谋杀你的人把镜子举向你面前

让你死得滑稽——

母亲,你注视自己

直到下颚塌陷到你的胸脯——

但伟大的天使在你上方展翼!

他穿过时间的铁蒺藜

拍动被撕裂的羽翼

匆忙地飞向你——

因为铁和钢已到处猖獗,母亲,

在天空建筑原始森林——

谋杀者的头脑已变得猖狂——

预谋的痛苦的藤蔓自他们身上发芽。

镜子，噢镜子，

从死者的森林传来的回音——

受害者和刽子手，

受害者和刽子手

用他们的呼吸在你身上玩死亡游戏。

母亲，

有一天会出现一个名为镜子的星座。

（他继续前行）

第二名信徒（对着第三名信徒）：

他仍然对镜子念珈底什祈祷文。

第三名信徒：

是的，神圣的犹太圣者，

以色列力量最后的搬送禾捆者，

你的人民已越来越虚弱，变成

一名唯死亡才能将之带回陆地的

泅泳者。

裁判官：

但是我告诉你们：

你们当中有许多人有坚强的信念，

在夜幕背后

已强行咽下生与死

这伟大的镇定剂。

（指着一间被炮火摧毁的房屋）

这场战役并不光是靠这些武器来打,

我告诉你们:

还有其他战场——那些

白昼谋杀的发明者

做梦也想不到的战场。

许多祷告

已在炮口前展开火红之翼,

许多祷告

已将黑夜如一张纸般燃烧殆尽!

太阳,月亮,星星,已被以色列的祷告沿着

坚强的信仰之绳排列好——

悬于她人民濒死之喉际的

钻石与红宝石

噢!噢!——

驼子:

他们说,

因为我抖动的肩膀,

他们讨厌我——

磨刀匠:

他们说,

因为我永无休止的微笑,

他们讨厌我——

孟德尔:

他们说,

因为这堆石头

曾经是我的屋子,

他们讨厌我——

帽上有根羽毛的乞丐:

当我把帽子翻过来,

它是金钱的坟墓,

当我戴上它,

它是某个与飞翔

有关的东西。

犹太人视财富为何物?

只不过是容纳一滴结冻之泪的冰坑!——

裁判官:

我看见,

看见你抖动的肩膀的源头,西缅——

在你随亚伯拉罕在别是巴

掘"七誓之井"的时候——

我看见,

看见你微笑的源头,哈曼——

种植于何烈山七十位元老身上,

为了再次发芽

在嘴唇的流浪尘土中发芽。

石头就是石头——

天堂之土蕴藏其中，但毁于贪婪。

但他们不了解源头，

不了解恒久不变的源头——

他们因此讨厌我们——

所有旁观的人：

他们因此讨厌我们——

裁判官（大叫）：

伊莱，为了你，

为了了解你的源头——

（他倒下）

幕落

译注：珈底什（Kaddish），犹太教中追念死者的祈祷文，于父母或亲人的葬礼中诵之。西缅（Shimon，或 Simeon），雅各与利亚所生的次子，性情暴烈，亚伯拉罕是其曾祖父。别是巴（Beersheba），古时以色列一小城，原意为"七誓之井"或"盟誓之井"，见《旧约·创世纪》21章。哈曼（Haman），亚哈随鲁王廷之权臣，因其灭绝犹太人的计划外泄而被绞死，见《旧约·以斯帖记》。何烈山（Horeb），通常被视为即西奈山，《旧约·民数记》11章中载有七十位长老于此蒙召唤协助摩西管理人民之事。

第八景

同前一景。信众因进入祷告棚而消失于舞台。喃喃低语声传来,接着是拉比引导吹奏羊角号的声音。

拉比声:

长音——

(冗长、单音的音符传来)

拉比声:

短音——

(连续的三个短音符)

拉比声:

碎音——

(一串颤音)

(七个分枝的烛台的轮廓映照于帐篷墙面。帐篷打开,信众走出)

第一名信徒:

空气是全新的——

燃烧的味道消失了,

血腥的味道消失了,

烟雾的味道消失了——

空气是全新的!

第二名信徒：

嘈杂声在我耳边响起

仿佛有人自我的伤口

拔取芒刺——

卡在大地中央的芒刺——

有人将地球如苹果般

分成两半，

分成今日和昨日两半——

将蛆取出，

再将外壳合拢。

（信众穿过市场）

数名信徒：

新年快乐！

但愿祂遗弃我们的时刻

至此结束！

其他人加入：

以色列为死亡清空其灵魂——

其他人：

号角声已响起，唤我们回家。

祂并没有遗忘我们。

祂已将祂的子民镌刻于

双掌之上!

(所有的人皆离场。市场顿时变空。一个老妇人走来,坐在喷泉边)

老妇人:

拉比他还没来吗?

拉比他依然尚未到来吗?——

(她起身,哭着前去迎接他)

拉比来了!

我在外头田里的烤箱

烘烤了一块糕饼——

其他的妇人都说:

你烤了一块上好的糕饼,

你的佳节美饼。我说,

特地为拉比烘烤的,这块饼。

我量取了三份的面粉

正是莎莉为天使们烤面包时所用的数量,

那些天使

黄昏时来到亚伯拉罕住处——

拉比:

经文上并未记载

他们于黄昏到临——

老妇人:

天使们总是在黄昏时到临。

而清泉之水

有一张会说话的嘴。

拉比：

你为什么哭呢，老祖母？

老妇人：

难道我没有哭的权利吗？

老鼠吃光了饼，

我为拉比所烤的饼。

拉比：

你会获得新的面粉，

我们将一起吃饼——

老妇人：

再也不能烤饼了，

再也不能吃饼了，

只能哭泣。

（哭得更厉害）

拉比：

你和老人们同住吗，老祖母？

老妇人：

我住在市场的

第三间地窖里。

拉比：

你为什么不跟老人们同住呢？

老妇人：

因为我必须住在

我住的地方。

耶胡迪在那儿出生，

陶贝尔在那儿出生——

他们的啼哭声还在那个地方，

陶贝尔跳的舞也在那个地方——

米迦勒送给我一双鞋

因为坟冢的土跑进旧鞋里了，

耶胡迪的土，

陶贝尔的土，

拿特尔的土。

那是撒索拉比送来的鞋子，

那是扎迪克之鞋，

圣者之鞋，神圣的舞鞋。

（她将鞋带再系紧些）

陶贝尔跳的舞就在里面。

瞧！

（她开始跳舞）

幕落

译注：羊角号（shofar），本指羊角做成的号角，在《圣经》时代用以传递战争的信号或宣告宗教之大事；在现代主要用于犹太教会堂礼拜以及犹太新年与赎罪日之时——其吹法有四种："长音"（Tekiah），一声长音符，表示牢固在地，不再行进；"短音"（Shevarim），三声短音符，表示间断、暂停；"碎音"（Teruah），九声短音符，表示震动、启程；"大长音"（Tekiah Gedolah），三声长音符，表示结束的吹号声。撒索拉比（Rabbi Sassow，1745—1807），18世纪欧洲早期犹太教哈西德派拉比之一。扎迪克（Zaddik，或Tsaddick），原意为正直者，后用以指哈西德派精神领袖。

第九景

喷泉附近的市场。女孩们开始用水罐汲水,递给经过的满身灰尘的泥水匠,他们在建新镇。

泥水匠(对一名女孩):

谢谢你的水,

我将建造新的市镇。

女孩:

请用水泥将此物也黏合进去。

里面有神圣的话语,

是我的爱人给我的,

而我把它们配上项圈挂在颈间。

泥水匠:

你怎忍心割舍这样的礼物?

女孩:

我的生命是短暂的,

但这些城墙

必定经久屹立。

第二个泥水匠(对另一名女孩):

我们在春天结婚吧,

因为书上说:

若在冬天结婚,

蝶蛹还活在梦中,

春天还没到,

你的梦便破碎了。

但当是在蝴蝶飞舞时,

上帝会亲自掀开溪流和花苞——

第三个泥水匠(口渴地喝着水):

以色列始终口渴。

有什么民族像我们一样在这么多的泉边喝水呢?

现在,渴上加渴,

所有的沙漠齐心协力让我们口渴。

(一名木匠扛着一扇门走过舞台。帽上有根羽毛的乞丐登场)

乞丐:

那是一扇门。

一扇门是一把刀

把世界分成两半。

因为我是个乞丐,

如果我站在前面敲门,

或许它会为我打开

而烤肉的味道

与泡在水里的衣服的味道会飘出。

那是有人住的家的味道。

只要拥有乞丐的鼻子,

便也闻得到眼泪

或者天生的幸福。

但家庭主妇说:

"不行,太早了",

而关闭的门也说"不行"。

下一家却说我来得太晚,

我得到的只是匆匆瞥见

一张摊开的床,

门随即关上,

悲伤如晚祷。

木匠啊,不要安装门,

它们是刀子

把世界分成两半。

木匠:

老兄,用你的笨脑袋想想,

门是用来御寒和防窃的。

既然寒气也是窃贼,

万物本该各就其位。

乞丐(走到门边,用手敲击):

这儿是以色列,世界之门,

世界之门,请打开吧!

木匠：

　　这扇门制作精良，

　　不会摇动，

　　但门的后面

　　有燕群移栖。

乞丐（倒在门前的沙上）：

　　这是你的门坎！

一群年轻的泥水匠：

　　我们建造，我们建造

　　新的城镇，新的城镇，

　　新的城镇！

　　我们焙烧，我们焙烧

　　新镇的砖块！

裁判官：

　　而亚伯拉罕一次又一次地

　　加高他的小屋！

　　让它朝祂的方向攀升。

第一个泥水匠：

　　摩西焙烧砖块，

　　戴维焙烧砖块，

　　而今我们焙烧砖块，

　　我们这些幸存者！

　　沙漠中祂的荆棘丛，

便是我们，我们，我们！

第二个泥水匠：

我们焙烧！

我们的烛火就在这里！

（他用脚踩踏地面）

第三个泥水匠：

我们有了新的奇迹！

我们的沙漠也有鹌鹑和神粮，

一度我以雪维生，

吃云朵和天空——

木匠：

你对一片马铃薯外皮被仇恨的洪水

冲至我脚边的秘密，有何看法？

那是我的方舟。

如果我现在说"上帝啊"，

你便知道力量来自何处。

园丁（拿着一棵苹果树）：

为一个全新的亚当，

为一个全新的夏娃。

众人（齐唱）：

我们焙烧，我们焙烧，

为了盖新屋——

裁判官：

你们恐怕掘得不够深,

那些地基只能承载轻浮之辈。

(在喷泉饮水)

新的《摩西五书》,我跟你们说,新的《摩西五书》

写在霉斑上,死亡地窖墙上的

恐惧之霉。

第一个泥水匠:

鱼竿上虫饵的痛苦,

鱼儿面对虫饵的痛苦,

我脚底下甲虫的痛苦——

受够了掘坟者的锄铲!

(对裁判官说)

把你记忆的干草留存到下一个冬天——

这儿有新鲜的绿草。

(他用绿草为一名女孩编头冠)

我们是灰尘的信徒。

只要灰尘能结出这样的果实,

我们便将循其田畦犁挖

并且用苹果——

像不祥之兆般散发离别气味的苹果——

打造灰尘的天堂。

园丁:

这株生长在外邦的土地。

祖先的灰尘已消失，

滋养了神圣的香橼——

有着深井般双眼的拉结滋养了它——

戴维，放牧小羊的牧羊人。

我的手指不自觉地弯曲，

为了将它的根埋入外邦的土地——

第一个泥水匠：

或许藉由新发明

天空会变成

全新的植物生长地——

空中的香橼，

空中的家。

众人齐唱：

我们焙烧，我们焙烧——

裁判官（自言自语）：

我曾看见一个人咬啮自己的肉体

像月亮一样使自己的一侧丰满

而让另一边世界消瘦——

我曾看见一个小孩微笑，

在他被丢入火焰之前——

而今到哪里去了？

上帝啊，都到哪里去了？

幕落

译注：《摩西五书》，即《旧约》前五部书——《创世纪》《出埃及记》《利未记》《民数记》《申命记》，犹太人视之为法律或以色列的法律,此五书乃摩西所写。

第十景

乡间小路。道路两旁是连根拔起或烧焦的树木。田野因战争惨遭蹂躏。杂草丛生。磨刀匠和小贩孟德尔并肩而行,小贩的存货堆放于手推车上。

磨刀匠(回头指着走过的道路):
  真是人心惶惶啊,孟德尔兄。
孟德尔:
  坐在暗处的人
  皆为自己点燃梦想——
  失去新娘的人
  皆拥抱空气——
  因衣服沾染死亡
  而哭泣的人
  他的思绪如蠕虫般咬食着他——
  幸好我将存货藏在
  石块底下。
  今天生意还不错——
磨刀匠:
  那个人挑出肩膀抖动的人

以及其他像你这样的人

是什么意思？

孟德尔：

我怎么知道？

我碰见过一个占卜者，

每当有人发现泉水，

他的短杖就会往上跳。

所以裁判官四处寻找

要让以色列喝的

仇恨之泉。

即便我懂得不少，

但你是另一族的人，

我要如何解释给你听呢？

磨刀匠：

兄弟，你怎么这样说！

当年我们躺在秣草棚，

在波兰人雅尔斯拉夫的秣草棚，

那时我们是一体的！

眼睛只用来窥视敌人，

耳朵只用来监听嘎吱作响的脚步声——

头上的毛发

在阴湿的恐惧中朝天上竖起——

来找我们的是同一种睡眠，

同一种饥饿，同一种惊醒，

还有一只黄眼的猫头鹰，

她会收集嫩枝

当她嗅到死亡的气味时——

自顶楼窗往里看，

呼号如刽子手的女儿，

如果他有女儿的话：

呜呼！

孟德尔：

你在梦中发出咕噜咕噜声

像个溺水者——

磨刀匠：

你常提到一道光，

说它让你的货着火——

孟德尔：

你听过蟋蟀声吗，兄弟？

磨刀匠：

没有。

孟德尔：

真可惜！

这是世上最清亮的声音，

并不是每一只耳朵都能捕捉到。

但你看过蟋蟀吗？

磨刀匠：

没有——

孟德尔：

那更可惜了。

它们坐在看不见的灵界边上。

它们已在天堂的门口乞食，

老祖母这样告诉我们这些孩子。

但有一回一只蟋蟀坐在

一卷淡玫瑰红的丝缎上——

磨刀匠（对着跑过的一条流浪狗）：

来，来，同志，

你的四只脚可以

和我的两只脚作伴。

如果孟德尔有蟋蟀，

那我就有我的狗。

我磨刀时，它吠叫——

有两个东西被风吹拂，

两个一起挨饿，一起站在外面，

脚踩大地。

映入眼的是太阳，月亮和群星——

以及整个世界。

噢，有着两面镜子，

温暖、持续运行的你这地球之沙——

（一个老乞丐迎向他们）

孟德尔：

你是谁，老祖父？

老人：

我不是什么老祖父！

孟德尔：

你不是，但你开口了！

你从哪里来呀？

老人（指着磨刀器的轮子）：

你是个磨刀匠？

磨刀匠：

是的。

老人：

所以你知道真相。

磨刀匠：

你为什么用问答游戏的方式来回答问题？

老人：

因为石中有火，

所以也有生命，

而刀中暗藏死亡——

因此你日复一日用死磨生。

我便是从那里来。

磨刀匠：

死而复生?

老人:

从谋杀者将我同胞撒播入土处。

啊,愿其种籽星光灿烂!

磨刀匠:

而你呢?

老人:

我只是一半被播种入土,

已然躺在坟里,

已然体会温暖如何离肉身而去——

灵活如何离骨骼而去——

已然听见腐朽到来时骨骼的语言——

凝固之时血液的语言——

重新奋力追寻爱情的

灰尘的语言——

磨刀匠:

但你是如何得救的?

孟德尔:

你可有一枚可出售的

戒指或上好珍珠,以之

随一道秘密微光买回你的生命?

老人:

你们这些可怜的草包,

满脑子问题和争吵。

你们可知那是何感受，

当身体变空

低语如贝壳，

噢，当它们浮于

永恒一绺绺白闪闪之浪上？

磨刀匠：

告诉我们，你是如何得救的？

老人：

我们逃亡，

安姆许尔，棕色耶胡迪，和我，

三个国家被俘虏，

三种语言被俘虏，

手被俘虏

被迫挖掘自己的坟墓，

触摸自己的死亡。

身体被屠杀

残骸被倾倒在地。

和祂相隔几十亿里的痛苦啊！

孟德尔和磨刀匠：

但是你，你呢？

老人：

负责填土、

埋葬我们的那名

　　士兵——

　　上帝赐福他——

　　他透过夜里

　　提灯的光看到

　　遭杀戮的我一息尚存,

　　眼睛还睁着——

　　他将我移出

　　藏匿起来——

磨刀匠:

　　难以置信。

孟德尔:

　　真是无法预料。

　　继续说吧!

老人:

　　那个士兵在那天早上——

　　他后来告诉我——

　　收到他母亲的一封信。

　　上帝赐福她!

　　因为那原因,他不像其他人一样喝得烂醉,

　　他看到我眼睛在眨动。

　　他母亲写道:

　　"我真的很想随信附上短袜,

自己编织的短袜。

但我的渴望无法让我平静——"

上帝赐福她!

"而今未等它们织好,

我就动手写信。

但你的衣服,蓝色那套,

因为沾染了飞蛾的粉末

已洗刷好,挂在外头晾干。

这样,你回来时

才不会还留有那气味。"

但她未能即刻邮寄此信,

因为夜里她生病了。

有个邻居来——

上帝赐福她!——

问她怎么啦——

她其实只想要个洋葱——

一个用来煮马铃薯的小洋葱,

因为她自己的已用光。

啊,她吃马铃薯,

不吃萝卜——

上帝赐福所有洋葱!——

她拿到了一个洋葱,

把信给寄了,

于是那士兵在那天早上收到了信，

于是未像其他人一样喝得烂醉——

于是他看到了我眼睛在眨动——

磨刀匠：

好多的洋葱皮合力

拯救你！

从你的洋葱运气

还会迸出什么别的好事？

老人：

我要去墓镇找拉比。

我的身体已无法支撑下去，

沙土已触及沙土——

现在我可以这样死去，

另一种死法——就范于刽子手手部肌肉中

像一把万能钥匙握于夜贼拳头里——

我不再需要那种死法了，

我已有正确的钥匙！

（磨刀匠和孟德尔又开始走路）

孟德尔：

我很高兴，我很高兴！

磨刀匠：

你高兴什么，兄弟？

孟德尔：

我很高兴

我给了米迦勒两条鞋带

去系他的步行鞋。

如果他上天堂

脚上就会有我的鞋带。

伊莱的尸衣也是用我的亚麻布做的——

磨刀匠：

为什么你给鞋匠鞋带

是件好事？

为什么他那么年轻

就死了呢？

孟德尔（仿佛在跟他讲一个秘密）：

我不知道，

但不管怎么说都是件好事。

他可能是世界仰仗其义行的

三十六个义人之一——

顺水而行

聆听大地脉搏——

临终之时才为我们鼓动一下的

耳后血管，却为他

天天鼓动——

他穿着以色列的步行鞋直到最后——

磨刀匠（对着狗）：

来，来，狗儿啊，

你看起来好像饿了。

舌头从喉咙垂下，

所以你也渴了——

我们进村去，

如果鹳巢里还有一根茎，

把它给农人，

如果还能从他身上找到一片指甲，

去找一把镰刀，

磨利指甲，

用它除野地里的杂草——

我们也许也会找到一池水，

死亡尚未在其中洗血腥之手——

然后我们可以喝水——

（他点头告别，和狗一起走过田野）

孟德尔：

现在，像从前一样；

得救了，却孤单。

幕落

第十一景

夜晚。树林。看不见的光源照亮一根倒塌的烟囱以及几棵枝叶扭曲的树。漫步中的米迦勒驻足倾听。

自烟囱传来的声音：

我们这些石头最不愿意做的事就是触及以色列的忧伤。

耶利米的尸体在烟里，

约伯的尸体在烟里，

耶利米的哀歌在烟里，

幼童们的抽噎在烟里，

母亲们的摇篮曲在烟里，

以色列的自由之路在烟里。

星星的声音：

我当过烟囱清扫工——

我的光变成黑色——

树：

我是 棵树。

我再也无法站直。

它挂在我身上摇晃,

仿佛全世界的风都挂在我的身上摇晃。

第二棵树:

血重压在我的根部——

在我的树冠结巢的鸟儿

都有血迹斑斑的巢。

每个黄昏我流出新血——

我的根爬出它们的坟——

沙上的足印:

我们用死亡填满最后几分钟,

像苹果般因人们重重踩踏而成熟——

抚摸我们的母亲们行色匆匆,

而孩子们却轻如春雨——

夜晚的声音:

他们最后几声叹息在此,

我为你们留存下来,

感受一下它们吧!

它们居住在永不衰老的微风里——

在后来者的呼吸里,

在夜晚的悲伤里不可捉摸——

(就在米迦勒倾听的当儿,一个和树根几乎无法区分的生物出现了。他坐在地上,缝补白色的晨祷披巾。他附近的草丛里有一颗死人头颅)

生物：

米迦勒！

米迦勒（慢慢走近）：

和裁缝师赫许

生前长得很像。

你身边有可以一起老死的伴侣——

生物：

我是裁缝师赫许，那边那位伙伴

是某人的妻子，也许是我自己的——

我不知道——虽然，在那儿，

（他指着烟囱）

我受雇当死神，

一旦过了边界，就很难再找到任何东西了。

午夜一过，

一切看起来都一样——

但无论如何，

如果我早听我那已升天的妻子的话

现在就可以在美国和活人平起平坐，

我有个弟弟就在那里——

不会在这里置身同类之中了。

瞧，她说，

在事情一开始时，

赫许，你的名字就叫鹿，一只雄鹿，

所以你必定嗅到它快要来了，
难道犹太人嗅不出
即将发生的事吗？——
刀子在抽屉里骚动着，
大裁缝师的剪刀喀嚓作响，
炉火烧出一张张可怖的脸孔
仿如安多尔女巫洞穴里的脸孔——
但最重要的是，我感觉有目光扫过，
那些如猫一般斜睇的瞥视——
米迦勒，米迦勒——
他们没有动你，
他们饶你一命，
而你到处与他们作对，
也就是说逆着风向，
就像我从前的顾客——猎场看守人——常说的，
像一头失去嗅觉的
猎物——
但他们将我逼入绝境，
因为我突起的颅骨
也因为我的双腿。
死神，你有两把镰刀，
他们说，
那样会快些。

除非你将你的同胞送进烟雾，

除非你焚烧自己的血肉，

否则我们会扭松你的骨盆

且拿走你那两把镰刀。

然后，你会得到更好的食物

胜过我们所有的人。

烟雾在胃里比面包还重——

（他把祈祷披巾放在一旁，指着骷髅头）

太暗了，那边那个东西

不再发光——

我烧了它们，

我吃了烟雾，

我把他烧掉了。

我跑进树林，

那儿有几丛覆盆子灌木，

在我把他烧掉后

我吃了覆盆子，

而我不会死，

因为我是死神，

但是你瞧瞧那里——

（大叫）

瞧瞧那里——

烟囱：

我是营地主任。

前进，前进，

思想滚出我的头吧！

（烟雾开始上升，变成透明的形体。星月洒下黑色的光。树根是肢体扭曲的尸体。生物站起身来，高举祈祷披巾，抛入烟雾里）

一巨大形体（裹着烟雾，唱着歌儿升向天空）：

听，啊以色列，

祂，我们的神

祂，唯一的神——

（烟囱崩塌）

生物（被击倒，即将死去）：

听，啊以色列

祂，我们的神，

祂，唯一的神——

沙上的足印：

来收集啊，来收集啊，米迦勒，

时间又在该处出现，

那已耗尽的时间——

将它收集起来——

将它收集起来——

（米迦勒弯着身子，走在足印里）

米迦勒：

收集死亡时刻的人不需用篮子,

而是用心装满它们——

          幕落

译注:"赫许"此名——Hirsch——德语之意即鹿。

第十二景

邻国的边界。石南科植物和沼泽地。

米迦勒：

所有的路标皆指向下方。
指顶花在这里生长——
不,不是手套,而是手指
像野草般在这里生长,
不像弥莉安弄断带子时
用来塞满小鞋的
那些花朵:
"戴了手套的手指会抚摸你,"她说,
"在你将之缝合时。"
在这儿生长的手指
是男人的手指。

手指的声音：

我们是杀人者的手指。
每一根都戴着预谋的死亡,
宛如伪造的月光石。
看,米迦勒,就像这样——

一根手指（伸向米迦勒的喉头）：

　　我的手指的特长是勒杀，

　　　压紧喉头

　　　再轻轻地向右一扭——

　　　（喀喀的声响）

　　　（米迦勒跌落在地）

第二个杀人者的声音：

　　你的膝盖，米迦勒，

　　你的手腕——

　　你听得到吗，是玻璃做的——

　　尘世的一切皆脆弱。

　　好人不怕灰尘，

　　这儿有一整玻璃酒杯的血——

米迦勒：

　　伟大的死亡，伟大的死亡，来吧——

第二个杀人者的声音：

　　那已经不流行了。

　　这里有几种精致的小死亡——

　　你的脖子——

　　就是毛发柔软似绒毛的部位——

第三个杀人者的声音：

　　以科学之名——

　　这一针——

凡志愿注射者会颜色变淡

像枯木一般——

瘦长的手指：

不要害怕。

我既不想和你的气管道晚安，

也不想对你的关节动粗。

我只不过是有新智慧

具学者风范的手指。

我想和你的大脑灰质聊一聊——

米迦勒：

走开——

学者风范的手指的声音：

约伯已然虚弱，

曾奏出新调的疲惫手风琴手。

海水一方面被抽出变成马力，

另一方面则变成自来水。

潮汐的涨落全由月亮人掌控。

鞋匠米迦勒

用他的废弃物细线

将鞋底和鞋帮缝合——

鞋匠圣徒！

你们同胞可以自由购买的那些

自来水笔，和你们一起睡着了吗？

手势夸张的手指的声音：

我是指挥家的手指。

我指挥他们的晚安曲。

（进行曲传来）

在那试图以血腥手段

解开犹太之谜的

"仇恨"

想到用音乐

将它自己逐出世界之前，

地球当已垂垂老矣——

（乐声渐弱，众手指由一根巨指操控着，跳出各自的舞步。学者风范的手指敲敲米迦勒的头。地球落下，像一颗黑色的苹果）

米迦勒（大叫）：

那颗星丢失了吗？

回声：

丢失了——

米迦勒的声音：

听我说……

幕落

第十三景

空旷的田野。躺在地上的米迦勒起身。一名以缰绳牵着一头母牛的农人走近。

米迦勒：
　　手指最后指向这个方向，
　　谋杀者最终都会出卖谋杀者。
　　这个地方在白天看起来多么安和。
　　蟋蟀歌唱，
　　樫鸟呼唤伴侣。
　　母牛有着仿佛刚被造物主的手
　　抚摸过的原始脸庞。
　　一如其他地方，农民现在正细品着麦粒的秘密。
　　（对那名农人）
　　晚安，
　　这附近有一间补鞋店吗？

农人：
　　你从边界那头来的吗？
　　死亡在你额头上——

米迦勒：
　　你如何看出的？

农人：

　　当某样大如雪片的东西

　　在一个人两眼之间闪耀——

米迦勒：

　　或许是

　　我同胞们的死亡在我体内发光。

农人：

　　你是波兰人，或者甚至是——犹太人？

米迦勒：

　　在这地球上，我两者皆是。

农人：

　　真不错！

　　大草原过去

　　便是通往村子的道路。

　　客栈花园的隔壁

　　就是补鞋店。

（一个小孩加入他们。米迦勒抽出牧羊人的风笛吹奏）

小孩：

　　如果我有一个那样的风笛

　　我会不分昼夜地吹奏，

　　我会在睡梦中吹奏——

米迦勒：

　　这是一个死去小孩的风笛——

农人（反复说着）：

一个死去小孩的风笛——

米迦勒：

一个被杀害的

男孩——

农人：

被杀害的——

米迦勒：

他的父母被带去送死，

他穿着衬衫追赶——

农人：

穿着衬衫追赶——

米迦勒：

他吹奏这支风笛向上帝求助——

农人：

吹奏风笛向上帝求助——

米迦勒：

然后一名士兵将他打死——

（米迦勒吹奏风笛。小孩，小牛，小绵羊，小驴，小马……蹦蹦跳跳地围拢过来。母亲们将她们的宝宝高高抱起。几个男人手上拿着镰刀，低下头）

幕落

第十四景

乡村教师的家。乡村教师和他的儿子站在花园里，抬头看着巨大的菩提树。一群男孩在犁过的田间对着稻草人练习丢石子。稻草人是用老旧兵械和金属碎片做成。

男孩（丢出石子）：
好像有人在喊叫。

孩童：
是的，那是小贩伊色多
被我们赶出村子时的声音。
喔咿，他说，喔咿，
躺在水沟里。

男孩：
然后伸手去取他的帽子，
瞧，像这样，手向内翻转，
就像他平常称东西那样——
汉斯大叫：
"夕阳抓住了你的帽子吗？"
然后给他另一顶，好让他记得我们——

教师：

　　蜂群悬浮在那儿。

　　请听它发出的乐音，

　　那里会有蜂蜜，

　　菩提树从不曾绽放如此美丽的花朵，

　　何其幸运地

　　它逃过了人类的战争。

男孩：

　　这里真香啊，爸爸！

　　以后我们的面包就可以涂抹蜂蜜啦！

母亲（自屋子走出）：

　　我就采摘莴苣

　　再剁碎山萝卜煮汤，

　　晚饭就快好了。

　　为什么不取出你的捕蝶网，汉斯？

　　你瞧百里香上那些飞蛾——

男孩（捡起一个石头）：

　　等一下！

教师：

　　别再动那稻草人了，

　　田野里尸臭味太重了，

　　乌鸦会越来越多的——

男孩（对准米迦勒）：

不，我要丢石头。

教师：

不可以！

男孩：

为什么昨天可以，今天不行？

教师：

虽然我教算术，

但那是一道我无法解出的数学题——

（米迦勒走过）

男孩（自言自语）：

如果昨天我朝他背后扔石头，

它会掉落粪坑附近，我想，

在先绊倒两只脚后。

今天它还留在我手中，

但我要把它丢进池塘里，

至少吓吓什么东西——

幕落

第十五景

边界村落的鞋店。

鞋匠：

不，不是那样的东西，真的不是！

对我们而言，你们

只是像从前的，很久以前的鞋子。

它们不适合任何人，

上好的皮革，但不适合——

不适合我们的气候，

或许适合沙漠，

或许适合圣地，

或许适合伊色多一家人以不同方式

叫卖货品的那些市场——

但当然，当时你们事事称心——

不，我们不想要那个——

不是那样的东西——

米迦勒：

自从亚伯拉罕从吾珥开始迁徙，

我们便劳心劳力

朝祂的方向建造我们的房子，

就像其他人朝阳筑屋——

的确，有许多人反方向而行——

老牧羊人们任由星钟响起而未察觉，

手指弯曲的当铺老板熟睡如伊色多——

但是有一个男孩——

师傅，鞋底在我的手中哭喊，

散发死亡的恶臭——

鞋匠：

或许如此，

因为一头将死的公牛会伸出脚

而后——

（一个男子走入，手里抱着一个小孩）

男子：

我的鞋子好了吗？

鞋匠：

我的助手正在赶工——

米迦勒：

这鞋底不能补了，

它从中间裂开了。

男子：

那么替我做个新鞋底吧——

小孩：

父亲，这就是那个

有风笛的男人，

风笛就放在花盆里。

啊，让我吹它！

男子：

不可以吹陌生人的风笛。

小孩（哭着）：

风笛——

男子：

她哭泣

因为她要找她的母亲。

她总想要某样东西：

有一回是只乌鸦——

经常来找碎屑吃

吃完就消失无踪，

另一次是只老牧羊犬——

它跑过铁道

被车辗过——

米迦勒（大声地）：

一切皆因欲望而起。

连这个也是——

（他让花盆的泥土自手缝缓缓流过）

还有这些——

（他指着制鞋的兽皮）

小孩：

风笛——

男子：

我会买一根风笛给你。

等你有了风笛，

所有的小孩都会跟着你

并且把他们的玩具给你——

小孩：

不，我要这根风笛，

有了它，母牛会来，还有小牛。

（男子牵起小孩的手离去）

鞋匠之妻（在门口）：

我心中也有一个欲望。

农夫，你何时才会有多余的烤肉？

对我来说，那是

口腹之欲。

那是哪一种欲望呢？

          幕落

第十六景

农舍的卧室。小孩熟睡。

男子:
 到处都是牙齿,
 你听见它磨轧得多厉害吗?
 本该塞着燕麦的空洞之齿。
 黑马攀爬,
 摇动鬃毛,
 露出牙齿。
 小牛用它们的牙齿吸吮
 让乳房血迹斑斑——
 黑麦柄被咬下——被牙齿,而非被老鼠——
 听到了吗,老婆?
 就在这房间里,
 那儿,那儿!
 (她指着墙)
 本该是砖块的地方都成了牙齿——
 老婆,泥水匠该上绞刑台——

妻子:
 别出声,

孩子正熟睡，

发着高烧呢！

男子：

现在它正嘎嘎作响，

整个房子都嘎嘎作响——

（他的牙齿打颤）

小孩（在梦中）：

所有的树在走动，

所有的树在走动，

抬起根脚走动，

在我吹奏风笛时——

男子（唱歌）：

所有的树荫在走动，

来吧，亲爱的盖棺布，

为我盖上白色的月牙。

那不是随着风笛从他嘴巴

掉落的乳齿吗——

老婆，老婆，

牛奶有牙齿，

牙齿——

（有人敲窗户）

男子（打开窗户）：

谁呀？

面包师傅：

面包师傅汉斯。

这是给小安妮的甜扭结饼。

铁制扭结饼——

波兰的犹太面包师给我的好招牌——

已经变红了。

他们已在窃窃私语。

死去的孩子们不碰那些我在夜里

为他们撒的扭结饼屑，

而把麦芽抽走了。

最近他们像一群黄蜂坐在店铺柜台上。

那斜眼的孩子用脚踩木头，

好似在取暖，

然后突然爬上天花板

像捕蝇纸一样悬在那里。

它在早晨掉落，

被苍蝇吃个精光。

男子（让被月亮照亮的窗玻璃咔嗒作响）：

瞧，你就是那样对斜眼的孩子的——

这儿有甜扭结饼，

那儿有甜扭结饼，

直到他不再斜眼。

而今他让你的日子斜离了正轨，

就像我的日子被乳齿咀嚼。

面包师傅：

　　据说

　　你曾经杀死一个圣童？

男子：

　　胡说八道！

　　所有的孩童都神圣。

邮差（走过来）：

　　你们怎么为杀孩童的事吵个不停？

面包师傅：

　　爱哭闹小孩的包裹投送员！

　　难道没有寄件人

　　在上面注明"易碎品"的字样吗？

邮差：

　　我奉令

　　留意收件人，

　　而非寄件人。

医生（自卧室走出）：

　　你的小孩——

妻子（走过来）：

　　小孩死了！

幕落

第十七景

乡间道路。两旁是浓密的松林。米迦勒走着。男子站在一棵松树的后面。

米迦勒：
　　有一道目光刺穿我的背，
　　我被紧按住。
　　（他们彼此互看）
男人：
　　如果他的头不突然后仰，
　　我是不会将他击倒的，
　　乳齿也不会跟着风笛掉出。
　　但——那有违规令——
　　把头往后仰——
　　必须纠正。
　　而他对着何处吹风笛呢？
　　是秘密信号吗？
　　穿过大气的秘密信号——
　　非任何事物所能控制——
　　救命啊，鞋匠，
　　乳齿正从地上长出——

开始咬我——

直接穿透我的鞋子——

我的双脚正在崩碎——

变成泥土——

(尖叫)

这一切的秩序何在,世界的秩序——

我还活着,

尚未死亡——

未被吊死——

未被焚烧——

未被活生生地抛进土里——

(大吼)

那是错误,是错误,

我在崩碎,崩碎——

我成了残肢——

坐在沙上

刚才还是好端端的肉体——

(大气扩散成许多圆圈。第一个圈圈里,出现了在母亲子宫里的胎儿,额头上有原始之光)

声音:

具有神光的孩童,

洞悉谋杀者的掌纹——

男人:

我的手,我的手——

不要离开我,啊我的手——

(他的手崩碎)

(地平线扩展成最大的圆圈。淌血的嘴出现,仿佛落日)

声音:

张开,

撒姆尔瘖哑的嘴!

撒姆尔的声音:

伊莱!

(母亲的子宫溶解成烟。原始之光紧紧依附在米迦勒的额头上)

米迦勒:

崩碎的人啊!

他的眼睛变成窟窿——

光找到了其他镜子。

透过这些窟窿——

观看日蚀的眼镜——

我透视你的头颅,

它是那个世界的框架,

你奉令将之装入其中

如同装进战士的背包——

它躺在那儿——痉挛着,

羽翼剥落的昆虫之星——

里面有只偷取闪电的手

翻搅着——

　　乌鸦吃掉一只人腿——

　　闪电吃掉那只乌鸦——

　　我眼中再无他物——

声音：

　　以色列的脚印啊，

　　快集合起来！

　　以色列最后的尘世时刻，

　　快集合起来！

　　受难的最后时刻，

　　快集合起来！

米迦勒：

　　自我脚下跃起。

　　自我手中俯冲而下。

　　有东西从我心中涌出——

声音：

　　你的鞋子已磨成碎片了——来吧！

（米迦勒被握住，而后消失）

幕落
（剧终）

《伊莱》跋语

这出神秘剧以年轻的鞋匠米迦勒为主角。在哈西德教派的神秘论中,他是上帝的秘密仆人之一(共有三十六名,他们全然不知自己的身份,负责肩负这隐形的宇宙)。根据先知以赛亚的说法,上帝将他用过的箭放回箭袋,这样箭才能留存于暗处。因此,米迦勒"暗中"感觉到一种内在的呼唤——他必须找出杀害孩童伊莱的凶手。伊莱拥有一根牧羊人的风笛,用来召唤牲口——"如同雄鹿或雄獐/在井泉喝水前的姿势"——当他的父母被带走而遇害时,他朝天国高举风笛,对着上帝吹奏。有个年轻的士兵认为这种举动是秘密信号,而将这男孩打死(此象征士兵之无信仰)。

米迦勒默默探索这由真理构成的传说,在伊莱尸衣的光之投影上看到了凶手的面貌,并且在旅途中玄妙地重新经历我们这茫然、无望的时代所发生的血腥事件。当凶手最后与米迦勒正面对视时,看到米迦勒脸上闪现出神圣之光,他随即粉碎成灰(懊悔之象征)。

在这个似乎被某种隐秘的均衡所支配的夜的世界里,受害者始终是无辜的。伊莱这个小孩和谋杀他的凶手的小孩皆死去，他们都是罪恶的牺牲品。

　　这出神秘剧的创作，深受希特勒大屠杀气焰极盛期某个可怖经验的激发，是我逃到瑞典后花数个晚上写成的。

　　一名孩童绝望地向神高举牧羊人的风笛——这是人类在面临恐惧时本能的突发动作。

　　那名士兵说："如果他的头不突然后仰，我是不会将他击倒的。"

　　那是非任何事物所能控制的信号——有可能是个秘密信号。

　　在这个世界上，人们已不再信任美善了。

　　写作此剧时，我寻求一种节奏，务使表演者（即便透过表情或动作表演）能清楚感知哈西德教派神秘论的狂热，与伴随着我们每一个日常词语的神圣光辉相遇。我始终小心翼翼地企图将无法言说的事物提升到玄妙、超自然的层次，以使其具有持久性，并且在这个夜晚的夜晚，一窥箭袋和箭隐藏其中的神圣黑暗。

附录一

奈莉·萨克斯及其作品

赫利·容

1966年12月10日,奈莉·萨克斯获颁诺贝尔文学奖,当天正好是她七十五岁的生日。这位始终默默地生活且写作的女诗人在一夜之间成为国际瞩目的焦点。在此之前,只有能阅读德文原文的读者体认到她的重要性。早在她的作品广为流传之前,巴赫曼(Ingeborg Bachmann)、艾辛格尔(Ilse Aichinger)、恩岑斯贝格(Hans Magnus Enzensberger)、阿勒曼(Beda Allemann)、策兰(Paul Celan)和贝伦德松(Walter A. Berendsohn)等诗人及批评家即已对她大加推崇。恩岑斯贝格称其作品为"唯一可与记实报导之无言恐怖相媲美的诗的证言",而品图斯(Kurt Pinthus)将之形容为"或许是自《诗篇》作者们和先知们以降,六千年德国文学传统中,语言表达的极致"。

德籍犹太女诗人希尔德·多敏(Hilde Domin)——她和萨克斯一样,饱尝放逐的苦楚——数年前写给萨克斯一封公开信,信中对萨克斯作品的评论或许最具代表性也最沉痛。多敏谈及一段噩梦般的回忆:那些有关集中营的战后图片显示出一堆堆的尸骨——死者们看起来很像是遭到恐怖扭绞的木偶。一直到十五年之后,当她开始阅读萨克斯的诗作时,这些死者才在其心中埋葬,也只有在那个时候,他们才沉淀为一般人对死者的那种记忆。萨克斯以悲苦的美感将其基本主题——大屠杀——做寓言性和象征性的变奏,她变成了数百万太常被人以冷漠无情的七位数的数字提及的受难者的代言人,并且她已种植下"百合在剧痛的赤道上"。

由是观之,萨克斯的作品对数以千计的读者——那些曾经历纳粹恐怖的劫后余生者,以及那些只能自历史记载和诗作去心领神会的读者——具有涤化情感的作用。将个人悲剧变形成诗的灵视,对这位女诗人而言,未尝不是一种精神治疗。某种精神疾病曾使她数度进出疗养院。唯有晚年所触及的亲情和友情的温暖,才使她得以沉淀往事,驱走恶魔。她曾说:"死亡赋予我语言。"她的另一段话——"写作是我无声的呼喊——我写作,只因为我必须使自己解脱",更显示出她是卡夫卡灵魂上的姊妹。

萨克斯将其作品描写成"划过一亩白纸的一捆闪电",她视自己为更崇高意念的接纳者——她并不刻意成为写大屠杀的女诗人,而是这个主题造就了这位女诗人。"这些将我带至死亡和黑暗边缘的恐怖经验是我的老师。我的暗喻即是我的伤痕；只有透过此种方式，我的作品才能被了解。"她的诗作中一再出现的暗喻是星星、灰尘、沙（象征过去，一如沙漏中的时间无情地消逝）以及蝴蝶（象征超越及再生）。她的作品的基本架构是搜索者和被搜索者，谋杀者和被谋杀者之间的关系，是长久以来存在于刽子手与受害者间具有戏剧张力的事件。但她晚期的作品远超越过此基点。受纳粹迫害之苦难仅被视为犹太人追求千年至福之境艰辛过程的一个阶段，或仅被视为全世界各地人类苦难演化史的一个时期。这段历史——从亚伯拉罕的悲苦，到奥斯维辛，到广岛——被投射到充满"呐喊的风景"的幻想世界：逃亡与蜕变的主题被投射到不受时间与空间限制的千年至福的未来。

奈莉·萨克斯在1891年12月10日出生于柏林，她是富裕的实业家威廉·萨克斯（William Sachs）和妻子玛格瑞丝·卡格·萨克斯（Margarethe Karger Sachs）的独生女。她的父亲是一个音乐爱好者及业余钢琴家，这种富于艺术气息的家庭环境，在小女孩心中注入了一份对文学的喜爱以及成为舞蹈家的渴望。在她家的大花园里（位于蒂尔加藤公园高级住宅区），这个优雅的小女孩和幼鹿嬉戏，并且阅读诺瓦利斯（Novalis），荷尔德林（Friedrich Hölderlin），陀思妥耶夫斯基（Fyodor Dostoyevsky），施蒂弗特（Adalbert Stifter）以及其他作家的作品。她的教育绝大部分是一种自学的家庭教育。

十七岁时,她开始写作,大部分是些营造气氛、略带哀愁、传统韵脚的新浪漫主义诗歌(包括十四行诗),以及带有神话色彩的木偶剧。茨威格(Stefan Zweig)这位提携诸多后进、观察敏锐的良师,早就认定萨克斯的努力必有所得,尽管她的作品与当时表现主义的主流价值并不相符,但是他仍察觉出她诗歌里的某种迷人神韵。然而,我们鲜能或根本无法自萨克斯的早期作品看出,后来——受其同胞所受的苦难经历所激发——她的创作天赋所结出的丰硕成果。

1921 年,萨克斯出版了厚达 124 页的诗集《传说与故事》(*Legenden und Erzählungen*)。萨克斯自小在兼容并蓄的环境中成长——一个掺杂了神秘主义色彩的基督教理性世界——因此,她所写的传说有些全是基督教的论调(其中有一首即以"圣像"为题),并不足为奇。年轻时,萨克斯的创作植根于两大思维领域:德国浪漫主义(天主教统驭的中世纪)和德国神秘主义(尤其是 17 世纪德国思想家波墨的神秘论)。她深受波墨(Jakob Böhme)的见解影响——波墨认为神性和世间万物都具有一种彼此对应的特征:光明与黑暗,善与恶,温驯与凶暴,爱与恨,既和谐相容也对立互斥。此后若干年,她的诗作刊登于《福斯日报》(*Vossische Zeitung*)、《柏林日报》(*Berliner Tageblatt*)等报刊,但《柏林日报》主编赫希(Leo Hirsch)编选了一本萨克斯诗集,推荐给颇富盛名的岛屿出版社(Insel-Verlag),

却未被接受。1933 至 1938 年间，她陆续于《青年》(*Die Jugend*)、《晨报》(*Der Morgen*)与一些犹太报章期刊发表作品，但大体上依然默默无闻。1933 年之后，她的许多作品都佚失了，萨克斯后来也不愿重提和重出她早期的作品。

萨克斯对犹太教和基督教的共通根源以及《光之书》(*Sohar*)颇感兴趣。《光之书》是犹太教神秘哲学的伟大著作，可追溯到 13 世纪末期，萨克斯发觉其中许多精辟见解和波墨的论点十分类似。受到马丁·布伯（Martin Buber）的影响，她阅读《旧约》，尤其是《诗篇》。犹太教的神秘论——具体言之，哈西德派犹太教——对其作品也具有显著的影响。

父亲去世（1930 年）之后，萨克斯陷入德籍犹太民族的悲苦境遇，目睹许多亲友被抓、身亡。1940 年，她和长年患病的母亲幸免于劳改营的苦役，并在瑞典女作家拉格洛芙、瑞典皇室尤金王子等人的大力协助下，得以移民瑞典。尤金王子经勇敢的德国女士达妮特（Gudrun Harlan Dähnert）通报才获悉萨克斯和她母亲的困境。

萨克斯是瑞典伟大作家拉格洛芙的长期读者，也深受其启发、激励。她自十五岁起即与这位女作家通信，并把处女作《传说与故事》题献给这位"闪耀的楷模"。但命运弄人，在萨克斯抵达斯德哥尔摩数月之前，拉格洛芙与世长辞。

初到瑞典后，萨克斯即忙着学瑞典文，渐能纯熟驾驭后，她以翻译（将瑞典诗译成德文）为生，出版了埃德菲尔特（Johannes Edfelt，他后来也将萨克斯的作品译成瑞典文）、埃凯洛夫（Gunnar Ekelöf）、林德格伦（Erik Lindegren）和其他作家的译本，颇获好评。但萨克斯绝大部分的时间都用来照顾她的母亲——她的母亲于 1950 年去世，享年七十八岁。

在照料母亲的这段岁月里，大屠杀的受害者无时不萦绕于她们两人的谈话、记忆、梦境和梦魇中。萨克斯每每在夜晚忆及这些受害者，以创作为他们难以言喻的苦痛发声。尽管萨克斯有机会结识年轻一辈瑞典作家，但是在 1960 年以前，她或多或少生活于文化隔阂的状态，她与那个时代的德国文学及其写作者，乃至于当时日常生活中使用的德语，都少有接触。

补助费和奖金使她晚年的物质生活较为宽裕。她七十岁生日的贺礼是她六部诗集的合集《无尘之旅》（*Fahrt ins Staublose*）的出版。

1960 年，她回德国领"徽尔斯霍夫奖"，这是她二十年来首度返回祖国。这个奖以 19 世纪最重要的德国女诗人安内特·冯·德罗斯特·徽尔斯霍夫（Annette von Droste-Hülshoff）为名，标示了萨克斯所植根的传统和文学地位——她与拉斯克·许勒（Else Lasker-Schüler）和柯尔玛（Gertrud Kolmar）同为本世纪最重要的德国籍犹太作家。

1965年10月,她前往法兰克福,在历史悠久的圣保罗大教堂领取"德国书商和平奖"。这个奖曾颁给史怀哲(Albert Schweitzer),马丁·布伯,桑顿·怀尔德(Thornton Wilder),保罗·田立克(Paul Tilich)和马克斯·陶(Max Tau)。萨克斯是第一位女性得奖人。这座和平奖的颁奖词如下:"萨克斯的诗作是不人道时代犹太人命运的证言;它们象征着一种和解。她的抒情诗和剧作是德语作品的极致,是宽恕、解脱与和平之作。"

她原先居住的两间房的小公寓座落于"伯格森德湖滨街"(Bergsundstrand)23号,俯瞰梅拉伦(Mälaren)湖,房间的布置以她心爱的色调——宝蓝和淡粉红——为主。在她1970年去世之前,对那群不断增加的朋友和崇拜者而言,这位娇小虚弱的妇人始终是位优雅的女主人。她的遗嘱载明:她近半数的诺贝尔文学奖奖金以及出版的全部所得均作慈善用途,用来照顾无家可归的孤儿(不分种族、宗教)。

萨克斯的诗作具有某种着魔、神秘且充满灵视的本质,不易理解。她的"隐形的宇宙"的概念具有宇宙论的恢宏气度和繁复的象征意义,对时代和人类境况的根源怀抱探索的渴望。她企图透过她的诗使这个时代令人费解的事件变得明晰、有意义。虽然她的作品几乎都是无韵、自由流动、深具律动感的诗作,但萨克斯对诗艺的讲求,审慎、严谨一如荷尔德林、诺瓦利斯或里尔克

（Rainer Maria Rilke）等诸前辈。她那高度意象化的语言具有悠远且永恒的特质——一种优雅但时而特异的德文，带有神秘主义和浪漫主义色彩、希伯来经文（萨克斯只看得懂德文译本）风味，且充满取自犹太神秘论的意象。在她的作品里，我们可觉察出一种全然无关乎教条的宗教虔诚。她诗中援引的《旧约》人物皆是基本宗教经验中具神话色彩的代表性人物。《旧约》和《新约》里的神的观念——前者视神为复仇之神，后者视神为慈爱之父——都未能在她的作品中成形。一如哈西德派犹太教，她的神既超越宇宙，也存在宇宙万物之中。耶稣被视为人类苦难的崇高化身，萨克斯渴望世间万物回归超自然之国度。

第二次世界大战后，萨克斯接连出了好几本诗集，推翻了阿多诺（Theodor W. Adorno）的断言："奥斯维辛之后再也不可能创作出任何诗歌。"在1946年写给表弟曼弗雷德·乔治（Manfred George）的一封信里，萨克斯曾表明她的愿望——她希望战后的犹太艺术家关心他们血液的声音，这样古老的泉水才可能再度喷涌。至于她自己——"我将永不休止地依循我同胞走过的炽热且布满星星的道路，一步一步地，用我贫瘠的才华做见证。"

1933年的创作休止期（"巨大的恐惧到临时／我哑口无言"）之后的第一本诗集《在死亡的寓所》（*In den Wohnungen des Todes*）于1947年在东柏林出版。这本诗集和剧本《伊莱：一出有关以色列苦难的神秘剧》（*Eli: Ein Mysterienspiel vom Leiden Israels*）是她日后创作的源头。《在死亡的寓所》一书题献给"我死去的兄弟姊妹"，不仅收录《噢，烟囱》和《一个死去的孩童如是说》等引人注目的诗作，还包括另外三组联篇诗作："为死去的新郎的祈祷词""午夜后的合唱"以及押韵的"写在空中的墓志铭"（致小贩、女画家、舞蹈家、斯宾诺莎学者、懦弱的女子、岩石收集者、傀儡戏表演者等人，皆以姓名的大写字首标示出）。逃亡和追捕的主题，猎者和猎物的象征，是她诗作的思想核心，而她偏爱以联篇诗歌的形式表达。

萨克斯在下一本诗集《星群的晦暗》（*Sternverdunkelung*, 1949）——为纪念父亲而作——表达出她对以色列民族的坚毅不屈和其所负的使命不灭的信念，譬如在《如今亚伯拉罕已经抓住风的根》和《以色列的土地》这些诗作，我们看到女诗人对新建国的以色列感到骄傲也怀抱希望。

萨克斯认为在我们这个时代数百万的人死于非命——人为的、透过机械执行的、集体的死亡。在《星群的晦暗》一书中有一首颇为撼人的诗作，描写"戈仑死神"（或可称"泥人死神""机器人死神"）——他成为世界的肚脐，他的骷髅骨架张开双臂，一副假惺惺祝福的模样。

《而无人知道该如何继续》（*Und Niemand weiß weit-*

er）于1957年出版；《逃亡与蜕变》(*Flucht und Verwandlung*)于1959年出版。1965年发行的诗集《晚期诗作》(*Spaete Gedichte*)收录了萨克斯的长篇组诗《炽热的谜语》(*Glühende Rätsel*)，萨克斯曾为这些"抒情诗断片"的其中多首做了录音——以一种俨然秘密符咒般的风格——她的诠释温和但执着，撩人心绪也激励人心。这是浓缩、谜样、精简的奇异诗作，以一种新式的简洁探入神秘的边界，以语言触动沉寂，将尘世的一切剥减到最赤裸的本质。《搜索者》(*Die Suchende*)是1966年夏天写成的一组诗作，为庆祝萨克斯七十五岁生日而付印发行（厚16页，初版共2000册）。与她长期合作的苏尔坎普出版社（Suhrkamp Verlag）后又出版了一册她的《最后的诗作》。

萨克斯的戏剧选集出版于1962年，名为《沙上的记号》(*Zeichen im Sand*)，共收录十四篇剧作（简短的实验剧、神秘剧、即兴演出剧、短剧……）以及剧场研究笔记。萨克斯显然开始藉这些"戏剧诗"或"诗剧"来表达她在诗歌中无法表达的事物。现实与幻象融成一体，话语以哑剧和舞蹈的形式流泻出。她构想出一种新的芭蕾，揉合了语言和手势，表情和陈述，让话语透过律动和动作说出——仿如气息般吐出——更形透亮，也更有力量。大体而言，这些大胆的舞台设计在实际演出时是十分具有挑战性的。有一幕戏附有这样的说明："此场景须求诸于人类的视网膜上。"萨克斯曾如此述说另一幕戏："这场猎人与猎物，刽子手与受害者之间的永恒竞赛应在最深的平面上演出。"她的戏剧弥漫着此一关乎人类的可怖问题："为什么需要用邪恶来创造圣人和殉难者？"

1943年，萨克斯听到欧洲纳粹惨无人道的骇人暴行之后，花了几个晚上的时间，以十分激动的情绪和具有灵视的狂热写成《伊莱》一剧。此剧探讨大屠杀所带来的影响广泛的后果，故事发生于一个已被摧毁的波兰犹太区，这里住着少数逃过屠杀的幸存者，他们对过去的恐怖记忆犹新，试图重建受创的身心。过去和现在，死者和生者，现实和象征交织、融合。此剧分成十七个环结松散的场景，以倒叙的手法描述战争期间一名八岁牧童的悲剧，其间穿插了"三十六个义人"的传奇——这群人支撑、支托着"隐形的宇宙"，具有无懈可击的洞察力以及寻找宇宙万物之关联的天赋，他们努力让人世间破坏和愈合这两股力量长获平衡，注定穿破以色列的流浪之鞋。米迦勒（Michael）即是这样的上帝的选民，而且他是——再恰当不过了——补鞋匠，和思想家波墨同行。男孩伊莱在悲痛中对着天空吹奏风笛，却被一名德国占领兵杀害了。米迦勒追寻凶手，是唯一贯穿全剧的情节。当米迦勒追踪到那名士兵时，复仇之柄并未在他的手中。这名德国人被米迦勒犹太圣者般的目光之光辉所灼烧，被伊莱的牙齿所咬，他完全崩溃了，身体真的崩碎了。米迦勒完成了尘世的使命，前往领受他的奖赏。

萨克斯曾为这个剧本写下这样的注脚："在这个似乎被某种隐秘的均衡所支配的夜的世界里，受害者始终是无辜的。"她企图把无法言说的事物提升到玄妙、超自然的层次——"以使其具有持久性，并且在这个夜晚的夜晚，一窥箭袋和箭隐藏其中的神圣黑暗。"萨克斯所使用的语言充满了犹太教哈西德派神秘主义的狂热，她的句法时而表现出意第绪语的节奏。整出戏暗喻丰富，充满了哀伤与神奇，把哑剧的动作、音乐和舞蹈融入演出中。1962年，在德国舞台上首演前后，《伊莱》一剧曾在德国、瑞典和英国的广播电台播出，作曲家史蒂芬斯（Walter Steffens）更将它改编成歌剧，于德国西部的多特蒙德（Dortmund）上演。

萨克斯的诗歌和剧作反映出她和殉难的同胞以及各地受苦受难的人们一体的情感，与其说她的作品是控诉，不如说是对诗歌和此类文字的启迪和治疗力量深具信心者的悲叹。当她忆起殉难者时，她哀悼人类的堕落。她担心经过这次火的试炼之后，世界依然我行我素，平白糟蹋了用忧伤岁月换取的可贵意义：

地球上的民族
不要摧毁了语字的宇宙
不要让仇恨的刀刃撕裂了
随着第一次呼吸诞生的声音

萨克斯对"建新屋"的人提出建言:"建筑吧,当沙漏涓涓滴下,/但不要将时光/连同那遮暗光线的尘土/一起哭泣掉。"她愿意提醒信仰相同的朋友:新的事物无法用仇恨和报复的石块建成,犹太人是上帝的选民,背负着必须比他人忍受更多磨难的重担——或许也可说是特殊荣幸。

《光之书》里有这么一段话:"我们上方的天堂里有许多地方只为歌唱之声开启。"这种声音即是奈莉·萨克斯的声音。

译注:赫利·容(Harry Zohn),布兰迪斯大学德国语言与文学教授。

附录二

奈莉·萨克斯，犹太精神与《旧约》传统

史蒂芬·史班德

20世纪前半叶的事件在欧洲大陆堆积起众多尸体：苏联大整肃和纳粹毒气室的受害者，以及两次世界大战的死者。如果说欧洲和美洲的诗人对这些大屠杀未做出任何反应，这是错误的。他们的反应多半非直接针对那些恐怖的罪行，而是间接指向它们对整体文化境况所带来的影响。"戴头巾的游牧民族蜂拥／于无垠的平原上"的悲痛传达出文化的断裂，传统价值观的瓦解。以往的悲剧通常聚焦于某个具有象征意味的崇高受害者——钉在十字架上的英雄——所经历的苦难，让观众或读者产生共鸣，并在其身上找到自己内心最深处的恐怖感。以数百万人民的死亡为诗歌题材的想法让这样的传统受到威胁，因为诗作里有数万个悲剧英雄，形同将俄狄浦斯王、哈姆雷特和李尔王集体淹没于无名的汪洋。在西方传统里，无名的受害者从来不是悲剧的素材。因此，某些经历过城市毁灭和集中营恐怖而幸存的中欧诗人同

意阿多诺的说法："奥斯维辛之后"再也不可能创作出任何诗歌。

在诗歌的想象与当今世界最恐怖的现实正面冲撞之时，为何欧美诗人认为继续创作诗歌的一切标准已被摧毁，这与其自身传统有关。然而，在颇为不同的犹太传统下，萨克斯为何能写出数百万同胞在毒气室惨遭屠杀的诗作，且似乎不认为这是不适合入诗的题材，不认为他们的诗作描绘出绝望的"荒原"和文明的末日，也不认为他们写的是有违诗歌传统的"反诗歌"——这也是有原因的。

萨克斯于1891年出生于柏林，初期师承歌德和席勒的德国浪漫派风格。在希特勒当权之后，她才转向犹太神秘哲学寻求典范。恩岑斯贝格在萨克斯《诗选集》的导言中写道："书本和碑铭，档案文件和字母：这些是反复出现于她的作品中的概念。"当她于1940年逃到瑞典时，仍继续用德文写作。

萨克斯的《旧约》传统与拉丁、希腊以及基督教的西方传统截然不同，在她的作品里也以截然不同的风貌呈现。对西方读者而言，犹太传统和欧洲传统之间的差异有助于理解大屠杀时代的现代诗人所面对的问题。在《旧约》里，诗歌在本质上不是一种目的，而是透过语言去实现和国家的历史同等悠久的生命愿景。因此，传统的犹太诗人/先知在书写时，并非仅以单一艺术家的身份表达独有的情感以造福其他个体。相反地，他是人民的声音。对犹太民族而言，宗教是国家成立的要素，个人在国家追求千年至福的意识中是微不足道的。犹太诗人写诗的目的是教诲的，带有神秘色彩的，而非美学的。

萨克斯的作品中最生动呈现出的生命是被杀害者的生命。这并不是说她的诗作中有任何无缘由的恐怖或尸骨堆栈的画面。她将素材加以转化，赋予精神层面的意义，但恐怖感并未因此减弱。或许可以说：在她的作品中，恐怖转变成临终祈祷式的极度悲痛，比粗暴的事实更为骇人，但也更平静、更决绝。这些诗形同我们和死者之间的一层薄纱。萨克斯诗中烟雾和蝴蝶的意象营造出神秘、上升、稍纵即逝的氛围。她写道：

蝴蝶
万物的幸福夜！
生与死的重量
跟着你的羽翼下沉于
随光之逐渐圆熟回归而枯萎的
玫瑰之上。

多么可爱的来世
绘在你的遗骸之上。
多么尊贵的标志
在大气的秘密中。

在《旧约》传统中，诗人是背负犹太宗教与国族之天职的先知和见证者；在欧洲传统中，诗人则是为其他的个人主义者写作的个人主义者。对犹太人而言，他们害怕个人会发展出和国家疏离的意识。以上帝选民自居的犹太人在磨难中所抱持的心态不同于其他任何国家的民族主义，也不同于集产主义或无产阶级的阶级意识。对欧洲传统下的人民而言，他们的恐惧正好相反：他们害怕个人不复存在的黑暗时代会降临——再无能够独立教化自我的杰出创造者和心灵。

希腊、基督教、文艺复兴时代和现代的悲剧都把每一位观众最深沉的感情和想象力丰富的生命投射到主角身上。主角往往出身尊贵富豪之家，免受常让一般人陷入厄运的贫穷和悲惨之苦。他的处境强调某种独特性——此种独特感正好与每位观众心中各自且独自认为的独特感相呼应。他所承受的被理想化的折磨触动了每一观众最深沉、最疏离意识的共鸣之弦。因此，如同在我们这个时代所见，当数万人成为某些人折磨的对象而引发另一些人怜悯之时，欧洲亚里士多德的悲剧准则便开始受到挑战。大屠杀迫使我们把受害者看成无名的抽象事物（如艾略特在《荒原》一诗中所呈现的），或者把每一个受害者当成主角。无论两种情况中的哪一种，欧洲传统都冒着置身于极端态度之风险。有些诗人对"戴头巾的游牧民族"的磨难视而不见，在亚里士多德或尼采学说中寻求立足点。叶芝认为诗歌应该在死者的坟上舞蹈。在曾亲睹屠杀和灭绝的年轻一代的眼里，传统主义者拒绝想象如此重大的苦难经历，显然是不人道的。然而，把数以千计的受害者视为悲剧的男女主角，对幸存者而言是莫大的压力，在艺术上也有不诚恳的疑虑。因此，以欧洲传统的角度观之，大屠杀的苦痛是文明瓦解的前兆。受害者成为"客观存在的力量"，在文明周期近尾声时，将人类的个体性抹除殆尽，一如叶芝在其"月相"之隐喻系统中所指陈的。

希腊和《新约》传统聚焦于牺牲者的孤寂形象——普罗米修斯一类的"倒吊者"，基督，或俄狄浦斯王。因此，诗人无法把影响数百万人的灾难写成悲剧。的确，这样看来"人民"的定义是工人阶级、凡夫俗子、社会一分子、中产阶级，或者——最令人心酸的——壕沟中的士兵。无论他们多么值得被视为怜悯的对象，都因自觉力不足而无法成为悲剧人物。如果其中任何一人——某个"无名的裘德"（Jude the Obscure）——被作家描写成悲剧性人物，那是因为他已然是秘密英雄，而且他的默默无闻具有嘲讽意味。当社会主义者谈到由人民统治的未来时，他们的意思是所有的人民都将成为独立的个体。

萨克斯诗里的悲剧是历史上犹太国族的悲剧——不只是她同时代者的悲剧，甚至不只是遭灭绝者的悲剧。但这并不表示她的诗作对个别的人无情感可言。在《如

果我知道》一诗里,萨克斯为我们展现对所爱之人的亲密感情,但感情和个人都溶入所有受害者的处境中:

> 如果我知道
> 你最后的目光停留在哪里就好了。
> 是一块喝了太多最后的目光
> 致使他们盲目地
> 跌落于它的盲目之上的石头吗?

> 或者是泥土,
> 足以填满一只鞋子,
> 并且已然变黑
> 因如此多的别离
> 以及如此多的杀戮?

诗中的"鞋子"指的是访客依然能看到的收存于奥斯维辛的数千只鞋子——小孩和成人穿着进入集中营的鞋子,进入毒气室之前被集中放置的鞋子,走过沙漠的鞋子,带领犹太人自当代世界进入他们历史的领域之鞋子。

对我们而言,这类诗歌为明摆在眼前的事实做了见证:希特勒的"最终解决方案"(Die Endlösung,系统化灭绝欧洲犹太人之计划)所收到的成效和他原先预期的正好相反——它摧毁了数百万个个体,却也让他们在家国的意识之中复活。希特勒多次想方设法企图将犹太人自地球表面铲除。这个灭绝计划是最近期的行动，也最为恐怖——因为有现代科学的资源作为帮凶。在此时空所发生的难以言喻、令人费解的骇人事件反而展示了犹太人——对其特殊命运和天职——始终如一的坚持。在萨克斯的诗作中，犹太人重回以往的角色——流放的民族，遭集体屠杀与迫害的民族，离散与归乡的民族，誓约和诺言的民族。

若因此说"最终解决方案"让犹太人因祸得福，则不免轻佻草率。这种说法违反了悲剧的本质。因为悲剧是真正的死亡，虽然可能从中再生出某个带着神圣喜悦之意念，但这并不能稍减毁灭之残酷事实。绝望和希望，牺牲和诺言——同样真实具体却无法兼容的对立物——并存于犹太的历史中。在《获救者的合唱》一诗里，萨克斯陈述了告别即是相会此一吊诡情境：

> 我们，获救者，
> 我们紧握你的手
> 我们直视你的眼——
> 但唯一将我们结合在一起的就是告别，
> 尘土中的告别
> 将我们和你结合在一起。

一如烟雾，尘土也是蜕变的象征。

非犹太的读者可能觉得这些作品过于强调苦难，给人某种过于冷酷、逼人的严肃感。对这类异议，唯一的回答是：生为犹太人始终都是一件严肃的事情。苦难似乎是最能触动犹太意识里最深沉之乐音的琴弦。《旧约》中所展现的生命观不是喜剧（即便是但丁式的——从恐怖、不幸到幸福、救赎此一"喜剧"似的历程），也不是希腊悲剧或莎士比亚的悲剧。犹太民族在世界史上一向扮演着对国家念兹在兹的角色，其坚持的方式不同于其他任何国家，其坚持的强度让"国家主义"一词充其量只是个粗俗的模仿品。在犹太史上，国家的定义是人民与上帝合而为一。这样的国家意识使他们鲜有余力去接纳其他任何观念。或许他们憧憬着一个植根于快乐的犹太未来，让以色列得以挣脱苦难的轮回。

萨克斯的诗观不是表现自我，不是自白，也不是自我满足、自以为是的矫作之物，而是（如前所述）富有宗教虔诚的——然而是带着神秘主义色彩，而非"正统教"式的虔诚。她在苦难中不断追寻，继而发现其形而上的意义。

从上述原因，我们可知为什么欧洲个人主义传统下的诗人多半无法直接处理集体苦难的题材。如果他是主观的诗人，在受害者集体苦难的对照之下，他个人的性格和情感（包括对他人的怜悯）会显得微不足道。集体的苦难似乎会让他的情感负荷力和他的诗观都成为笑柄。每一个受害的个体似乎都可以成为悲剧英雄，就像英国诗人欧文（Wilfred Owen）在1918年给席特威尔（Osbert Sitwell）的书信中所描述的在西线的他手下的战士：

> 昨天我工作了十四个小时——教耶稣按部就班地扛他的十字架，以及如何调整他的棘冠；还教他不去想象自己口渴，熬到最后的休息令下达之后。

欧文的诗保有济慈式的丰美，但是他的主题却嘲讽济慈对想象之感性世界的信仰。他以直白的战争的意象模拟、反讽浪漫主义的丰美意象："心啊，你从不炙热／也不硕大，不像被子弹撑大的心脏那样饱满"；"你窈窕的体态／颤动，却不似被刀刺弯的四肢那般优美"。"那是为你的诗集而写的"。真正的痛楚突然对富有诗意的苦态展开攻势，赤手空拳就将之勒毙。这类诗顶多只能充当载伤者入院的救护车。欧文在他那篇著名的序文中说："我的着眼点不是诗歌。我的主题是战争，以及对战争的怜悯。诗歌即蕴含于此悲悯之中。"

欧文对集体苦难的态度是让每一个兵士都成为悲剧英雄，成为引起诗人共鸣的同情和恐惧的对象。而劳伦斯（D. H. Lawrence）年轻时对战争的看法几乎完全相反。他非但无法对受害者的苦难产生共鸣，反而表现出强烈的憎恶，因为他们违背了他个人的主观意识，因此他尖酸刻薄地反对一切接受战争的人，不论他们是政客或士兵，是英国人或德国人。在参与战斗并且容许自己被杀害之时，他们已然选择与死亡站在同一边；在拒绝同情他们并且勇于反抗地表现自我之时，劳伦斯等于和生命站在同一阵线。劳伦斯不是和平主义者，他不同情受害者，他痛恨他们被杀、被伤，他拒斥他们对怜悯委婉的需求。虽然他娶了德国妻子，但是他将德国人视为一切仇恨的罪魁祸首，并将自己的愤懑发泄在他们身上。1951年，他在给摩芮儿夫人（Ottoline Morrell）的信里写道："我想杀死一百万个——两百万个——德国人。"他从自我意识逼出那股意志力，成就独特的个体性，以抗拒蕴含于周遭文明的死亡欲望：

> 我不愿意再活在这个时代。我知道这时代的真相，我排斥它，尽可能地站在这时代的外面。我会活下去，如果可能，会开开心心的，虽然整个世界正惊恐地向无底的深渊滑落。

他觉得战争威胁到他自己个体的独特性，所以他排斥参与战争的那些人的独特性，为了维护他自己以及另外一些人的生命，他进行一场私人的战争：

> 到头来，一切都不重要了，除了尚存于

个人内心的微小、坚实的真理火焰——它不会在冒渎、不敬之生活的气流中被吹散。

在本文开头，我曾提到阿多诺教授的断言："奥斯维辛"之后再也不可能创作出任何诗歌。他的说法得到了一些年轻欧美诗人的附和，他们批评当代诗人，说他们的作品仍延续歌颂英雄式的不人道题材，或者说他们对幸存但支离破碎的欧洲传统存有自我毁灭式的同理心。这些年轻诗人因此有计划地写作了他们所谓的"反诗歌"——全然扬弃了"诗歌"。以下是波兰诗人鲁热维奇（Tadeusz Rozewicz）的陈述：

> 我无法理解何以创作诗歌的人死了而诗歌还继续存在。我写诗的前提和动机之一是对诗歌的反感。令我憎恶的是：世界末日之后，何以诗歌还能若无其事地存活？

萨克斯可能会如此回答鲁热维奇：别人认为的世界末日在《圣经》传统里正是诗歌的开端，而且一向如此。鲁热维奇还说他的诗是"用文字的残渣，自沉船打捞的文字，用乏味无趣的文字，自巨大的垃圾场和公墓回收的文字"写成。

汉伯格（Michael Hamburger）在其《诗的真理》一书中对此有如下评论：

> "巨大的垃圾场"和"巨大的公墓"就是第二次世界大战迫使鲁热维奇和其他许多欧洲诗人非得面对的现实。

姑且不论鲁热维奇是否刻意偏颇，重要的是他的感受：他认为"奥斯维辛之后"的诗人不该再写自己主观的情感，不该再用语言创造精美的艺品——具美感之物。1966年，鲁热维奇写道："制造'美感'以诱发'美学经验'，我认为那无恶意但荒谬、幼稚。"他宣称他写作是"为了受惊恐的人，为了任凭宰割的人，为了幸存者。我们——那些人和我——都是从头开始学习语言"。

如此诚恳的陈述令人欣赏，但是对其结语——诗人"若无其事"地继续书写是亵渎之举——我们不免要提出异议。生命仍继续下去，人们也将继续探索人际关系和日常生活经验的主题。然而，鲁热维奇的论调却也的确让我们正视一个事实：集中营、轰炸、人口被迫迁移……使得从以往一直延续到1939年的文艺复兴时代的个人主义艺术的根基受到了动摇。欧文（波兰作家可能不曾听说过的诗人）以及他那"诗歌蕴含于悲悯之中"的呼喊，最终还是让恐惧和屠杀涌入整个欧洲传统。

于是我们特别感兴趣地转而阅读萨克斯这样的诗人，她所从出的文化（国家和宗教）有着如此不同的悲剧观：对犹太人民而言，悲剧的功用在于唤醒人民——

犹太民族——的国族意识。因为篇幅有限，本文不克探讨今日全球性灾难的威胁是否是开创比个人主义更具公有性之世界意识的肇端，以及是否因此能产生出在态度上更接近犹太诗人——而非20世纪初那些伟大的英美个人主义诗人——的诗歌创作。

译注：本文译自英国现代诗人、评论家史蒂芬·史班德（Stephen Spender）为奈莉·萨克斯诗选所写序文，标题为本书译者所加。

附录三

奈莉·萨克斯写作年表

1891 年　12 月 10 日出生于德国柏林,为实业家威廉·萨克斯(William Sachs)与玛格瑞丝·卡尔格·萨克斯(Margarethe Karger Sachs)之独生女。

1908 年　十七岁。开始写作。初期作品大多是浪漫、传统的诗作。

1921 年　诗集《传说与故事》(*Legenden und Erzählungen*)出版,厚 124 页。

1929 年　至 1938 年间,诗作发表于《福斯日报》《柏林日报》《青年》及《晨报》等报志。

1930 年　父死。

1940 年　得瑞典女作家拉格洛芙(Selma Lagerlöf)之助,与母亲一同逃出纳粹德国,移民瑞典。

1943 年　写成诗剧《伊莱:一出有关以色列苦难的神秘剧》(*Eli: Ein Mysterienspiel vom Leiden Israels*)。

1947 年　诗集《在死亡的寓所》(*In den Wohnungen des Todes*)在东柏林出版。出版德译 20 世纪瑞典诗选集《波浪与花岗岩》(*Von Wolle und Granit*)。

1949 年　诗集《星群的晦暗》(*Stemverdunkelung*)出版。

1950 年　母死,享年七十八岁。

1951 年　诗剧《伊莱》在瑞典出版,为限印版,共两百册。

1957 年　诗集《而无人知道该如何继续》(*Und Niemand weiß weiter*)出版。出版德译瑞典现代诗选集《但太阳也没有家乡》(*Aber auch diese Sonne ist heimatlos*)。

1959 年　诗集《逃亡与蜕变》(*Flucht und Verwandlung*)出版。获德国工业联盟文化奖。

1960 年　回德国领"徽尔斯霍夫奖"。

1961 年　诗作合集《无尘之旅:奈莉·萨克斯诗集》(*Fahrt ins Staublose: Die Gedichte der Nelly Sachs*)出版。获德国多特蒙德(Dortmund)文学奖。诗集《死亡依旧庆祝生命》(*Noch feiert Tod das Leben*)出版。

1962 年　戏剧选集《沙上的记号:奈莉·萨克斯戏剧诗》(*Zeichen im Sand: Die szenischen Dichtungen der Nelly Sachs*)出版,共收入十四篇剧作。

1963 年　《诗选集》(*Ausgewaehlte Gedichte*)出版。

1965 年　获"德国书商和平奖"。诗集《晚期诗作》(*Spaete Gedichte*)出版,收入组诗《炽热的谜语》(*Glühende Rätsel*)等作品。

1966 年　出版诗集《搜寻者》(*Die Suchende*)。12 月

	10日，七十五岁生日，获颁诺贝尔文学奖。
1970年	5月12日逝世于瑞典斯德哥尔摩，享年七十九岁。同日，好友犹太裔德语诗人策兰（本年4月20日去世）于巴黎出殡，两人间的书信集（*Paul Celan / Nelly Sachs: Briefwechsel*）后于1993年首度出版。
1971年	诗集《裂开吧，夜：最后的诗作》（*Teile dich Nacht: Die letzten Gedichte*）于本年出版。

图书在版编目（CIP）数据

蝴蝶的重量：奈莉·萨克斯诗选 /（德）奈莉·萨克斯著；陈黎，张芬龄译 .—北京：中信出版社，2022.5
ISBN 978-7-5217-4124-7

I. ①蝴… II. ①奈… ②陈… ③张… III. ①诗集－德国－现代 IV. ① I516.25

中国版本图书馆 CIP 数据核字（2022）第 043930 号

蝴蝶的重量——奈莉·萨克斯诗选
著者： [德] 奈莉·萨克斯
译者： 陈黎 张芬龄
出版发行：中信出版集团股份有限公司
（北京市朝阳区惠新东街甲 4 号富盛大厦 2 座 邮编 100029）
承印者： 山东临沂新华印刷物流集团有限责任公司

开本：860mm×1092mm 1/32　印张：9.5　字数：175 千字
版次：2022 年 5 月第 1 版　印次：2022 年 5 月第 1 次印刷
书号：ISBN 978-7-5217-4124-7
定价：68.00 元

版权所有·侵权必究
如有印刷、装订问题，本公司负责调换。
服务热线：400-600-8099
投稿邮箱：author@citicpub.com